TRANZLATY

El idioma es para todos

Sproget er for alle

La Transformación
(*La Metamorfosis*)
Forvandlingen

Franz Kafka

Español
Dansk

www.tranzlaty.com

Primera parte
Del et

Gregorio Samsa se despertó una mañana de un sueño intranquilo.

Gregor Samsa vågnede en morgen fra urolige drømme.

Se encontró en su cama, pero incapaz de moverse.

Han befandt sig i sin seng, men ude af stand til at bevæge sig.

Se había transformado en una alimaña monstruosa.

Han var blevet forvandlet til et uhyrligt skadedyr.

Estaba acostado boca arriba, sobre su espalda, que estaba dura como una armadura.

Han lå på ryggen, som var hård som en rustning.

Levantando un poco la cabeza podía ver su barriga.

Ved at løfte hovedet lidt kunne han se sin mave.

Pero su vientre estaba abovedado y dividido en segmentos.

Men hans mave var hvælvet og delt i segmenter.

La manta descansaba encima de su vientre redondeado.

Tæppet hvilede oven på hans runde mave.

Pero la manta estaba a punto de caerse por completo.

Men tæppet var tæt på at glide helt ned.

Sus piernas eran lamentables comparadas con su tamaño habitual.

Hans ben var ynkelige sammenlignet med deres sædvanlige størrelse.

Y sus muchas piernas se movían impotentes ante sus ojos.

Og hans mange ben blafrede hjælpeløst for hans øjne.

"¿Qué me ha pasado?" pensó para sí.

"Hvad er der sket med mig?" tænkte han for sig selv.

Pero no era un sueño del que no pudiera despertar.

Men det var ikke en drøm, han ikke kunne vågne fra.

En realidad era su propia habitación la que él se encontraba.

Det var virkelig hans eget værelse, han befandt sig i.

Un auténtico espacio para humanos, aunque un poco pequeño.

Et rigtigt rum for mennesker, men lige lidt for lille.

Él yacía tranquilamente entre las cuatro paredes conocidas.

Han lå stille mellem de fire velkendte vægge.

Sobre la mesa había una colección de muestras textiles.

På bordet lå en samling tekstilprøver.

Samsa era un vendedor ambulante, de ahí las muestras.

Samsa var en rejsende sælger, deraf prøverne.

Encima de las muestras textiles desmontadas había una imagen.

Over de adskilte tekstilprøver var et billede.

Recientemente había recortado la imagen de una revista.

Han havde for nylig klippet billedet ud af et blad.

Había colocado el cuadro en un bonito marco dorado.

Han havde placeret billedet i en smuk, forgyldt ramme.

El cuadro enmarcado mostraba a una dama sentada erguida.

Det indrammede billede forestillede en dame, der sad oprejst.

Llevaba un gorro de piel y tenía un manguito de piel.

Hun havde en pelshue på og havde en pelsmuff.

Ella estaba levantando su mano hacia el espectador de la imagen.

Hun løftede hånden mod billedets beskuer.

Todo su antebrazo desapareció dentro de su pesado manguito de piel.

Hele hendes underarm forsvandt i hendes tunge pelsmuff.

Gregor miró por la ventana el clima gris.

Gregor kiggede ud af vinduet på det grå vejr.

Se podía oír fuertes gotas de lluvia golpeando la ventana.

Man kunne høre tunge regndråber ramme vinduet.

El clima gris lo hacía sentir muy melancólico.

Det grå vejr gjorde ham meget melankolsk.

"¿Qué tal si duermo un poco más?" pensó.

"Hvad med at jeg sover lidt længere?" tænkte han.

"Dormir más podría ayudarme a olvidar estas tonterías".

"Mere søvn kan måske hjælpe mig med at glemme det her vrøvl."

Pero dormir más era completamente inviable.

Men at sove længere var fuldstændig umuligt.

Porque estaba acostumbrado a dormir sobre su lado derecho.

Fordi han var vant til at sove på højre side.

Pero su estado actual le impedía realizar sus movimientos habituales.

Men hans nuværende tilstand forhindrede hans sædvanlige bevægelser.

No tenía forma de llegar a esa posición.

Han havde ingen måde at bringe sig selv i denne position på.

Intentó con todas sus fuerzas lanzarse hacia su lado derecho.

Han prøvede sit bedste at kaste sig over på sin højre side.

Probablemente intentó este movimiento cientos de veces.

Han forsøgte sandsynligvis denne bevægelse hundrede gange.

Pero él siempre volvía a la posición supina.

Men han rokkede altid tilbage i liggende stilling.

Cerró los ojos para no ver sus piernas inquietas.

Han lukkede øjnene for ikke at se sine uberegnelige ben.

Al final el dolor le impidió intentarlo de nuevo.

Til sidst forhindrede hans smerter ham i at forsøge igen.

Un dolor sordo en el costado que nunca había sentido antes.

En dump smerte i siden, som han aldrig havde følt før.

«Oh Dios», pensó desesperado Gregorio Samsa.

"Åh Gud," tænkte Gregor Samsa desperat for sig selv.

¡Qué profesión tan agotadora he elegido para mí!

"Sikke et anstrengende erhverv jeg har valgt for mig selv!"

"Día tras día tengo que viajar por trabajo".

"Dag ud og dag ind er jeg nødt til at rejse rundt i forbindelse med arbejde."

"El trabajo de oficina es mucho más fácil que trabajar fuera de casa".

"Kontorarbejde er meget nemmere end at arbejde på landevejen."

"Y tengo la maldición de tener que viajar."

"Og jeg har den forbandelse at skulle rejse rundt."

"Todas las preocupaciones por llegar a tiempo a los trenes."

"Alle bekymringerne om at være til tiden med togene."

"Mis horarios de comida son irregulares y la comida es mala".

"Mine måltider er uregelmæssige, og maden er dårlig."

"Mis amigos siempre están cambiando de ciudad en ciudad."

"Mine venner skifter altid fra by til by."
"Las interacciones que tengo son frías y profesionales".
"Mine interaktioner er kolde og professionelle."
"¡Dejad que el Diablo se divierta con este tipo de trabajos!"
"Lad Djævelen more sig med den slags arbejde!"
Sintió un ligero picor en la parte superior del estómago.
Han følte en let kløe øverst på maven.
Se apoyó contra el poste de la cama, con la espalda.
Han skubbede sig mod sengestolpen med ryggen.
Quería poder levantar mejor la cabeza.
Han ville gerne være bedre i stand til at løfte hovedet.
Encontró el punto que le picaba y le molestaba.
Han fandt det kløende sted, der generede ham.
Su cabeza parecía estar cubierta de pequeños puntos blancos.
Hans hoved syntes at være dækket af små hvide prikker.
No podía decir qué eran esos pequeños puntos blancos.
Hvad disse små hvide prikker var, kunne han ikke sige.
Había planeado tocar el lugar con una de sus piernas.
Han havde planlagt at røre stedet med det ene ben.
Pero cuando tocó el lugar sintió un extraño escalofrío.
Men da han rørte ved stedet, følte han en mærkelig kuldegysning.
Entonces inmediatamente retiró la pierna del lugar.
Så trak han straks benet væk fra stedet.
No tuvo más remedio que aceptar la sensación de picazón.
Han havde intet andet valg end at acceptere kløen.
Y volvió a su posición anterior en la cama.
Og han vendte tilbage til sin tidligere stilling i sengen.
"Despertarse tan temprano realmente te vuelve bastante estúpido".
"At vågne så tidligt gør én virkelig dum."
"Un hombre debe dormir lo suficiente", pensó.
"En mand skal have nok søvn," tænkte han for sig selv.
"Los demás vendedores ambulantes viven una vida de lujo."
"De andre rejsende sælgere lever et liv i luksus."
"Por la mañana transfiero los pedidos que he recibido."

"Om morgenen overfører jeg de ordrer, jeg har modtaget."
"Mientras tanto esos señores todavía están desayunando."
"I mellemtiden spiser de herrer stadig morgenmad."
"Imagínese si intentara hacer eso con mi jefe".
"Tænk bare, hvis jeg prøvede at gøre det med min chef."
"Me despediría antes de terminar mi desayuno."
"Han ville fyre mig, før jeg var færdig med min morgenmad."
"Pero quizá eso tampoco sería lo peor."
"Men måske ville det heller ikke være det værste."
"El problema es que mis padres me están frenando".
"Problemet er, at mine forældre holder mig tilbage."
"Si no fuera por ellos ya habría dimitido."
"Hvis det ikke var for dem, ville jeg allerede have sagt op."
"Me habría enfrentado al jefe y se lo habría dicho".
"Jeg ville have stået op over for chefen og fortalt ham det."
"Diría exactamente lo que pienso de él y del trabajo".
"Jeg ville sige præcis, hvad jeg synes om ham og jobbet."
"¡Se caería del escritorio si le contara todo!"
"Han ville falde ned fra sit skrivebord, hvis jeg fortalte ham alt!"
"Es muy extraña la forma en que se sienta en su escritorio".
"Det er meget mærkeligt, hvordan han sidder ved sit skrivebord."
"La forma en que habla con sus subordinados no es correcta".
"Den måde, han taler til sine underordnede på, er ikke korrekt."
"Y lo peor es que su audición es muy pobre".
"Og det værste er, at hans hørelse er så dårlig."
"Así que no te queda otra opción que sentarte muy cerca de él."
"Så du har intet andet valg end at sidde meget tæt på ham."
Pero dicho todo esto, la esperanza no está completamente perdida todavía.
"Men når det er sagt, er håbet ikke helt ude endnu."
"Ahorraré el dinero para pagar la deuda de mis padres".
"Jeg vil spare pengene op for at betale mine forældres gæld."

"No puedo hacer nada mientras todavía le deban dinero".

"Jeg kan ikke gøre noget, mens de stadig skylder ham penge."

"Pero cuando la deuda esté pagada definitivamente lo haré."

"Men når gælden er betalt, vil jeg helt sikkert gøre det."

"Probablemente tomará otros cinco o seis años."

"Det vil sandsynligvis tage yderligere fem til seks år."

"Sí, entonces definitivamente se hará la gran separación".

"Ja, så bliver den store adskillelse helt sikkert foretaget."

"Por el momento, sin embargo, debo levantarme de la cama."

"Foreløbig må jeg dog ud af sengen."

"Porque mi tren sale a las cinco en punto."

"Fordi mit tog afgår klokken fem."

Gregor miró el despertador que sonaba sobre la mesa.

Gregor kiggede på vækkeuret, der tikkede på bordet.

"¡Padre Celestial!" pensó al ver la hora.

"Himmelske Fader!" tænkte han, da han så tiden.

Las seis y media ya habían pasado silenciosamente.

Halv syv var allerede stille og roligt gået.

Y las manecillas del reloj seguían avanzando.

Og urets visere blev ved med at bevæge sig fremad.

Y ahora se acercaba la cuarta hora menos cuarto.

Og nu nærmede klokken sig kvart i syv.

"¿Quizás la alarma no sonó para despertarme?", pensó.

"Måske havde vækkeuret ikke ringet for at vække mig?"
tænkte han.

Desde la cama Gregor inspeccionó el despertador.

Fra sin seng inspicerede Gregor vækkeuret.

El despertador estaba programado exactamente para las cuatro.

Vækkeuret var korrekt indstillet til klokken fire.

No podía explicarlo, pero la alarma debió haber sonado.

Han kunne ikke forklare det, men alarmen måtte have ringet.

"¿Cómo pude dormirme a pesar de la alarma sin darme cuenta?"

"Hvordan kunne jeg sove igennem vækkeuret uden at vide det?"

Cuando suena la alarma incluso sacude los muebles.

Når den ringer, ryster alarmen endda møblerne.
Sabía que su sueño no había sido para nada tranquilo.
Han vidste, at hans søvn slet ikke havde været fredelig.
Pero quizá por eso su sueño era mucho más profundo.
Men måske var det derfor, hans søvn var meget dybere.
Tenía que pensar qué debía hacer ahora.
Han måtte tænke over, hvad han skulle gøre nu.
El siguiente tren no salía hasta las siete.
Det næste tog afgik først klokken syv.
Coger ese tren sería casi imposible.
Det ville være næsten umuligt at nå det tog.
Y aún no había empacado los textiles que necesitaba.
Og han havde endnu ikke pakket de tekstiler, han skulle
bruge.
Tampoco se sentía especialmente fresco y ágil.
Han følte sig heller ikke særlig frisk og smidig.
Quizás había una posibilidad de subir al tren.
Måske var der en chance for at komme på toget.
**Pero de todas formas, un regaño por parte del jefe era
inevitable.**
Men en skældud fra chefen var uundgåelig under alle
omstændigheder.
El empleado habría subido al tren de las cinco.
Ekspedienten ville være steget på toget klokken fem.
El oficinista era una criatura sin carácter del jefe.
Kontormedarbejderen var chefens rygradsløse skabning.
Así que la ausencia de Gregor ya habría sido informada.
Så Gregors fravær ville allerede være blevet rapporteret.
**"¿Qué pasa si llamo para avisar que estoy enfermo?" Gregor
estaba pensando.**
"Hvad nu hvis jeg melder mig syg?" overvejede Gregor.
Pero eso sería extremadamente embarazoso y sospechoso.
Men det ville være yderst pinligt og mistænkeligt.
**Gregor nunca había estado enfermo durante el tiempo que
trabajó allí.**
Gregor havde aldrig været syg i den tid, han arbejdede der.
Y ya les había dado cinco años de servicio.

Og han havde allerede givet dem fem års tjeneste.

Lo más probable era que el jefe viniera a ver cómo estaba.

Der er stor sandsynlighed for, at chefen ville komme og tjekke op på ham.

Probablemente traería al médico del seguro médico.

Han ville nok medbringe sygeforsikringslægen.

Y culparía a los padres por la pereza de su hijo.

Og han ville give forældrene skylden for deres dovne søn.

No podrían hacerle ninguna objeción.

De ville ikke kunne gøre indsigelser mod ham.

Porque para él sólo había dos clases de trabajadores.

Fordi der for ham kun var to slags arbejdere.

O bien los trabajadores estaban completamente sanos o bien eran reacios al trabajo.

Enten var arbejderne fuldstændig raske, eller også var de arbejdssky.

¿Y estaría equivocado en ese análisis básico?

Og ville han overhovedet tage fejl i den grundlæggende analyse?

Ciertamente, en este caso tenía un argumento sólido.

I dette tilfælde havde han helt sikkert et stærkt argument.

A pesar de su apariencia, Gregor en realidad se sentía bastante bien.

Trods sit udseende havde Gregor det faktisk ret godt.

El sueño innecesariamente largo lo dejó un poco somnoliento.

Den unødvendige lange søvn gjorde ham lidt døsig.

Pero aparte de eso no podía quejarse de enfermedad.

Men bortset fra det kunne han ikke klage over sygdom.

Incluso sintió un hambre especialmente fuerte y saludable.

Han følte endda en særlig stærk og sund sult.

Mientras pensaba estos pensamientos el reloj volvió a sonar.

Mens han tænkte disse tanker, slog uret igen.

Según la alarma eran ya las siete menos cuarto.

Ifølge alarmen var klokken nu kvart i syv.

Y ahora también se oyó un suave golpe en la puerta.

Og nu lød der også en blid banken på døren.

—Gregor —lo llamó alguien. Era la madre.

"Gregor," kaldte nogen til ham – det var moderen.

"Son las siete menos cuarto", confirmó la alarma.

"Klokken er kvart i syv," bekræftede hun alarmen.

¿No querías irte?, preguntó la suave voz.

"Ville du ikke gå?" spurgte den blide stemme.

Gregor se asustó cuando oyó su voz respondiendo.

Gregor blev bange, da han hørte hans stemme svare.

La voz seguía siendo la voz que siempre tuvo.

Stemmen var stadig den stemme, han altid havde.

Pero ahora había un nuevo sonido mezclado en su voz.

Men nu var der en ny lyd blandet ind i hans stemme.

Desde lo más profundo de él también salió un doloroso chillido.

Dybt inde i ham kom der også et smertefuldt knirk.

Al principio su voz parecía formar palabras con claridad.

I starten syntes hans stemme at danne ord med klarhed.

Pero entonces Gregor escuchó el eco mental de su voz.

Men så hørte Gregor det mentale ekko af hans stemme.

La grabación de su voz se interrumpió de una manera extraña.

Optagelsen af hans stemme gik i stykker på en mærkelig måde.

Y no estaba seguro de si había escuchado las cosas correctamente.

Og han var ikke sikker på, om han havde hørt tingene rigtigt.

Gregor sintió un profundo deseo de dar una respuesta detallada.

Gregor følte et dybt ønske om at give et detaljeret svar.

Quería explicarle todo claramente a su madre.

Han ville forklare alting tydeligt for sin mor.

Pero, dadas las circunstancias, tuvo que limitarse.

Men under omstændighederne måtte han begrænse sig.

Y respondió mucho más breve de lo que le hubiera gustado.

Og han svarede meget kortere, end han gerne ville have gjort.

-Sí madre, no te preocupes, gracias, ya estoy levantado.

"Ja mor, bare rolig, tak, jeg er allerede oppe."

La puerta de madera probablemente ayudó a amortiguar su voz.

Trædøren hjalp sandsynligvis med at dæmpe hans stemme.

Desde fuera el cambio en la voz de Gregor pasó desapercibido.

Udenfor forblev ændringen i Gregors stemme ubemærket.

La madre pareció estar satisfecha con su explicación.

Moderen virkede tilfreds med hans forklaring.

Y ella se fue de nuevo tan silenciosamente como había llegado.

Og hun gik igen lige så stille, som hun var kommet.

Pero la pequeña conversación tuvo un efecto no deseado.

Men den lille samtale havde en uønsket effekt.

Llamó la atención de los demás miembros de la familia.

Han fangede de andre familiemedlemmers opmærksomhed.

Gregor todavía estaba en casa y no había ido a trabajar.

Gregor var stadig hjemme og var ikke gået på arbejde.

Y ahora el padre también llamó a la puerta lateral.

Og nu bankede faderen også på sidedøren.

Golpeó débilmente, pero decidido, con el puño.

Han bankede svagt, men beslutsomt, med sin knytnæve.

—Gregor, Gregor —gritó—, ¿cuál es el problema?

"Gregor, Gregor," råbte han, "hvad er problemet?"

Al cabo de un rato volvió a advertir con voz más grave.

Efter et stykke tid advarede han igen med en dybere stemme.

Pero ahora la hermana llamó a la puerta del otro lado.

Men på den anden sidedør bankede søsteren nu på.

"¿Gregor? ¿No te encuentras bien?", preguntó en voz baja.

"Gregor? Har du det ikke godt?" spurgte hun stille.

"¿Necesitas algo?" preguntó preocupada.

"Er der noget, du behøver?" spurgte hun bekymret.

Gregor respondió a ambas partes: "Ya he terminado".

Gregor svarede begge sider: "Jeg er allerede færdig."

Había hecho todo lo posible para pronunciar todas las palabras con cuidado.

Han havde gjort sit bedste for at udtale alle ordene omhyggeligt.

Y eliminó todo lo que era llamativo en su voz.
Og han fjernede alt iøjnefaldende i sin stemme.
El padre también parecía satisfecho con la respuesta.
Faderen virkede også tilfreds med svaret.
Y regresó a su desayuno inacabado.
Og han vendte tilbage til sin ufærdige morgenmad.
Pero la hermana susurró: "Gregor, ábreme, te lo ruego".
Men søsteren hviskede: "Gregor, luk op, jeg beder dig."
Pero su preocupación por él no podía conmoverlo de ninguna manera.
Men hendes bekymring for ham kunne ikke røre ham på nogen måde.
Gregor no tenía intención de abrirle la puerta.
Gregor havde ingen intentioner om at åbne døren for hende.
Había adquirido algunos hábitos de cautela al viajar.
Han havde tilegnet sig nogle forsigtighedsvaner fra at rejse.
Y se alababa a sí mismo por haber cerrado las puertas.
Og han roste sig selv for at have låst dørene.
Primero quiso levantarse tranquilamente y a su propio ritmo.
Først ville han stille og roligt stå op i sin egen tid.
Y sin que nadie le molestara quiso vestirse.
Og uden at blive forstyrret, ville han klæde sig på.
Una vez logrado esto, quiso entonces desayunar.
Da det var opnået, ville han så spise morgenmad.
Sólo entonces quiso reflexionar más sobre la situación.
Først derefter ønskede han at overveje situationen nærmere.
Sabía que no tenía sentido hacer planes en la cama.
Han vidste, at det ikke var nogen idé at lægge planer i sengen.
Sería imposible llegar a una conclusión sensata.
Det ville være umuligt at nå frem til en fornuftig konklusion.
Había habido otras ocasiones en las que se despertó con dolores leves.
Der havde været andre gange, han vågnede med lette smerter.
Estos dolores siempre resultaban ser pura imaginación.
Disse smerter viste sig altid at være ren fantasi.

Al levantarme de la cama el dolor invariablemente desaparecía.
Når man stod ud af sengen, forsvandt smerten uundgåeligt.
Tenía curiosidad por ver qué pasaría con esas ideas.
Han var nysgerrig efter at se, hvad der ville ske med disse idéer.
El cambio en su voz probablemente se debió sólo a un resfriado.
Ændringen i hans stemme skyldtes sandsynligvis bare en forkølelse.
Los resfriados son simplemente un riesgo laboral para los viajeros.
Forkølelse er blot en erhvervsmæssig risiko for rejsende.
No tenía ninguna duda de que ésa era la explicación lógica.
Han var ikke i tvivl om, at det var den logiske forklaring.
Logró quitarse la manta de encima con facilidad.
Det var nemt at få tæppet af sig selv.
Lo único que tenía que hacer era inhalar e inflarse.
Alt han skulle gøre var at trække vejret ind og puste sig op.
La manta se deslizó de su cuerpo y cayó al suelo.
Tæppet gled af hans krop og ned på gulvet.
Su cuerpo increíblemente ancho dificultaba otras cosas.
Hans utroligt brede krop gjorde andre ting vanskelige.
Habría necesitado brazos y manos para ponerse de pie.
Han ville have haft brug for arme og hænder for at stå op.
Pero ya no tenía las extremidades que solía tener.
Men han havde ikke de lemmer, han plejede at have.
En lugar de brazos y manos tenía muchas piernas pequeñas.
I stedet for arme og hænder havde han mange små ben.
Y sus piernas se movían constantemente, sin su control.
Og hans ben bevægede sig konstant, uden hans kontrol.
Intentó doblar una pierna, pero en lugar de eso se estiró.
Han prøvede at bøje det ene ben, men i stedet strakte det sig.
Finalmente logró controlar una pierna.
Endelig lykkedes det ham at få kontrol over det ene ben.
Pero luego se liberó el movimiento de las otras piernas.
Men så blev bevægelsen i de andre ben sluppet løs.

Y todas sus piernas se crisparon de extrema excitación.

Og alle hans ben spjættede i ekstrem ophidselse.

Primero quería sacar la parte inferior de su cuerpo de la cama.

Først ville han få sin underkrop ud af sengen.

Pero en realidad aún no había visto la parte inferior de su cuerpo.

Men han havde faktisk ikke set sin underkrop endnu.

Y, de todas formas, resultó demasiado difícil mover esta pieza.

Og det viste sig alligevel at være for vanskeligt at flytte denne del.

Finalmente, con todas sus fuerzas, realizó un movimiento salvaje.

Endelig foretog han et vildt træk med al sin styrke.

Sin más vacilación, avanzó.

Uden yderligere tøven bevægede han sig fremad.

Pero había elegido la dirección equivocada.

Men han havde valgt den forkerte retning at bevæge sig i.

Golpeó violentamente su cuerpo contra el poste inferior de la cama.

Han slog voldsomt sin krop mod den nederste sengestolpe.

El dolor ardiente que sintió le enseñó una valiosa lección.

Den brændende smerte, han følte, lærte ham en værdifuld lektie.

La parte inferior de su cuerpo era quizás más sensible.

Den nederste del af hans krop var måske mere følsom.

Entonces intentó sacar primero la parte superior del cuerpo de la cama.

Så prøvede han at få sin overkrop ud af sengen først.

Giró cuidadosamente la cabeza en la dirección correcta.

Han drejede forsigtigt hovedet i den rigtige retning.

Y pronto su cabeza estaba mirando hacia el borde de la cama.

Og snart vendte hans hoved mod sengekanten.

Este movimiento cauteloso en realidad fue fácil para él.

Denne forsigtige bevægelse var faktisk let for ham.

Y su anchura y peso no detuvieron su movimiento.

Og hans bredde og vægt stoppede ikke hans bevægelse.
La masa de su cuerpo siguió lentamente el giro de la cabeza.
Hans krops masse fulgte langsomt hovedets drejning.
Pero luego sostuvo su cabeza sobre el borde de la cama.
Men så holdt han hovedet ud over sengekanten.
Y se enfrentó a un nuevo miedo en el que aún no había pensado.
Og han stod over for en ny frygt, han ikke havde tænkt over endnu.
Avanzar más por este camino podría ser peligroso.
Det kan være farligt at gå videre på denne måde.
Había pensado que simplemente se dejaría caer.
Han havde troet, at han bare ville lade sig selv falde.
Pero sería un milagro si no se lesionara la cabeza.
Men det ville være et mirakel, hvis han ikke kom til skade i hovedet.
Ahora no era el momento de arriesgarse a perder el conocimiento.
Nu var det ikke tid til at risikere at miste bevidstheden.
Quizás sería mejor quedarse en la cama después de todo.
Måske ville det være bedre at blive i sengen alligevel.
Pero luego tuvo que hacer el mismo esfuerzo para regresar.
Men så måtte han gøre den samme indsats for at komme tilbage.
Después de todo ese esfuerzo él estaba tendido allí igual que antes.
Efter al den anstrengelse lå han der præcis som før.
Y ahora sus piernas parecían incluso más enojadas que antes.
Og nu virkede hans ben endnu vredere, end de havde været.
Los movimientos de sus piernas se habían vuelto aún más incontrolables.
Hans benbevægelser var blevet endnu mere ukontrollerbare.
No veía manera de salir de la situación en la que se encontraba.
Han så ingen måde at komme ud af den situation, han var i.
De este caos no fue posible sacar la paz ni el orden.

Fred og orden kunne ikke skabes ud af dette kaos.

Pero sabía que quedarse en la cama tampoco era una opción.

Men han vidste, at det heller ikke var en mulighed at blive i sengen.

Sacrificarlo todo era la opción más sensata.

At ofre alt var den mest fornuftige løsning.

Se aferró a la más mínima esperanza de levantarse de la cama.

Han holdt fast i det mindste håb om at komme ud af sengen.

Si lo hubiera conseguido, todo riesgo habría valido la pena.

Hvis han havde formået dette, ville al risiko have været det værd.

Pero al mismo tiempo también recordó algo más.

Men han huskede også noget andet på samme tid.

"Mejores que decisiones desesperadas son reflexiones tranquilas."

"Bedre end desperate beslutninger er rolige refleksioner."

Con todo su esfuerzo centró su mirada en la ventana.

Med al sin anstrengelse fokuserede han blikket på vinduet.

Pero lo que vio le trajo poca confianza y alegría.

Men det, han så, bragte ham ikke meget selvtillid og opmuntring.

La niebla de la mañana cubría toda la estrecha calle.

Morgendisen dækkede hele den smalle gade.

El despertador volvió a sonar; ahora eran las siete.

Vækkeuret ringede igen; nu var klokken syv.

"Ya son las siete y todavía hay mucha niebla."

"Klokken er allerede syv, og der er stadig så meget tåge."

Durante un rato permaneció en silencio, respirando débilmente.

Et stykke tid lå han stille og trak kun svagt vejret.

Quizás un poco de quietud traería algo de normalidad.

Måske lidt ro ville føre til en vis normalitet.

Un silencio absoluto podría provocar las condiciones reales.

Fuldstændig stilhed kunne frembringe de virkelige forhold.

Pero antes de que el reloj volviera a sonar, rompió el silencio.

Men inden uret slog igen, brød han stilheden.

"Antes de que el reloj vuelva a sonar, debo levantarme de la cama."

"Inden klokken ringer igen, skal jeg ud af sengen."

"Para entonces tengo que estar totalmente fuera de la cama."

"Jeg må absolut være helt ude af sengen på det tidspunkt."

"Después de las siete y cuarto la oficina enviará a alguien."

"Efter kvart over otte sender kontoret nogen."

"Porque la oficina abrió antes de las siete."

"Fordi kontoret åbnede før klokken syv."

Y ahora empezó a balancear su cuerpo fuera de la cama.

Og nu begyndte han at vippe sin krop ud af sengen.

Había abandonado el centrarse en la parte superior o inferior de su cuerpo.

Han havde opgivet at fokusere på sin over- eller underkrop.

Todo el largo de su cuerpo tuvo que salir de la cama.

Hele hans krops længde måtte forlade sengen.

Caer de esa manera debería proteger su cabeza, pensó.

At falde på denne måde burde beskytte hans hoved, tænkte han.

Había planeado levantar la cabeza cuando cayera al suelo.

Han havde planlagt at løfte hovedet, når han ramte jorden.

La parte posterior de su cuerpo parecía lo suficientemente dura para el impacto.

Bagsiden af hans krop virkede hård nok til stødet.

Y la alfombra estaba allí para suavizar el aterrizaje.

Og tæppet var der for at blødgøre landingen.

Sin embargo, su mayor preocupación era el fuerte ruido.

Hans største bekymring var dog den høje støj.

El ruido estrepitoso asustaría a todos en la casa.

Den bragende lyd ville skræmme alle i huset.

Quizás no les daría miedo el ruido fuerte.

Måske ville de ikke være bange for den høje støj.

Pero seguramente se preocuparían si oyeran eso.

Men de ville helt sikkert blive bekymrede, hvis de hørte det.

Pero había que correr el riesgo de llamar la atención.

Men risikoen for at tiltrække opmærksomhed måtte tages.

El nuevo método era más un juego que un esfuerzo.

Den nye metode var mere et spil end en anstrengelse.

Tuvo que balancear su cuerpo con movimientos bruscos y espasmódicos.

Han måtte rokke sin krop i pludselige og rykvise bevægelser.

Gregor ya estaba medio levantado de la cama.

Gregor var allerede kommet halvvejs ud af sengen.

Ahora se le ocurrió una idea nueva.

Nu var der en ny tanke, der lige slog ham.

"Todo sería tan fácil si alguien viniera en mi ayuda."

"Det ville alt sammen være så nemt, hvis nogen kom mig til hjælp."

"Dos personas fuertes serían suficientes."

"To stærke personer ville være fuldt ud tilstrækkeligt."

Su padre y la criada serían lo suficientemente fuertes.

Hans far og tjenestepigen ville være stærke nok.

Sólo tendrían que deslizar los brazos bajo su espalda.

De skulle bare skubbe armene ind under hans ryg.

Y luego pudieron sacarlo fácilmente de la cama.

Og så kunne de nemt pille ham ud af sengen.

Quizás habrían tenido que bajarle el peso poco a poco.

Måske skulle de have sænket hans vægt langsomt.

Ojalá entonces las piernas hubieran encontrado su propósito.

Forhåbentlig havde benene så fundet deres formål.

¿No sería mejor después de todo pedir ayuda?

"Ville det ikke være bedre alligevel at tilkalde hjælp?"

El problema, por supuesto, era que había cerrado las puertas.

Problemet var selvfølgelig, at han havde låst dørene.

Había algo en ese pensamiento que le hacía cosquillas.

Der var noget ved tanken, der kildede ham.

Y a pesar de sus dificultades, no pudo evitar esbozar una sonrisa.

Og trods sine vanskeligheder kunne han ikke undertrykke et smil.

Ya estaba cerca de perder el equilibrio.

Han var allerede tæt på at miste balancen nu.

Cada movimiento lo acercaba más a caerse de la cama.
Hvert sving bragte ham tættere på at vælte ud af sengen.
Pronto tendría que tomar la decisión final.
Snart skulle han træffe den endelige beslutning.
En cinco minutos serían las siete y cuarto.
Om fem minutter ville klokken være kvart over syv.
Mientras pensaba estos pensamientos, sonó el timbre.
Mens han tænkte disse tanker, ringede det på døren.
"Es alguien de la oficina", se dijo.
"Det er en fra kontoret," sagde han til sig selv.
Y casi se quedó paralizado de miedo ante la visita.
Og han frøs næsten af skræk på grund af den besøgende.
Sus piernas bailaron aún más salvajemente que antes.
Hans ben dansede endnu vildere end de havde gjort før.
Pero luego, por un momento, todo quedó en silencio.
Men så, et øjeblik, forblev alt stille.
"No abrirán la puerta", se dijo Gregor.
"De vil ikke åbne døren," sagde Gregor til sig selv.
Todavía estaba atrapado en una esperanza sin sentido.
Han var stadig fanget i et meningsløst håb.
Pero luego, por supuesto, la criada se dirigió a la puerta.
Men så gik stuepigen selvfølgelig hen til døren.
Y como siempre, le abrió la puerta al visitante.
Og som altid åbnede hun døren for den besøgende.
A Gregor le bastó con oír el primer saludo del visitante.
Gregor behøvede kun at høre den besøgendes første hilsen.
Pudo saber inmediatamente quién había venido a buscarlo.
Han kunne med det samme se, hvem der var kommet efter
ham.
**El propio jefe de oficina había venido a ver cómo estaba
Samsa.**
Chefskriveren var selv kommet for at se til Samsa.
¿Por qué Gregor fue el único condenado a este destino?
Hvorfor var Gregor den eneste, der blev dømt til denne
skæbne?
¿Por qué sólo él tuvo que servir en tal organización?
Hvorfor skulle kun han tjene i sådan en organisation?

El más mínimo descuido despertaba inmediatamente sospechas.
Den mindste forglemmelse vakte straks mistanke.
¿Todos los empleados que trabajaban allí eran unos sinvergüenzas?
Var alle de ansatte, der arbejdede der, slyngler?
¿No había entre ellos ninguna persona fiel y devota?
Var der ingen trofast og hengiven person iblandt dem?
¿No podrían haber enviado simplemente un aprendiz?
Kunne de ikke bare have sendt en lærling?
¿Era realmente necesario todo este cuestionamiento?
Var alle disse spørgsmål overhovedet nødvendige?
¿El representante autorizado tenía que venir personalmente?
Skulle den bemyndigede repræsentant selv komme?
¿Había que informar a toda la familia inocente?
Skulle hele den uskyldige familie blive informeret?
Todas estas consideraciones impulsaron a Gregor a actuar.
Alle disse overvejelser fik Gregor til at handle.
Se levantó de la cama con todas sus fuerzas.
Han svang sig ud af sengen af al sin kraft.
Se escuchó un fuerte estallido, pero no era realmente un ruido.
Der lød et højt brag, men det var ikke rigtig en lyd.
La caída había sido ligeramente suavizada por la alfombra.
Efteråret var blevet en smule blødgjort af tæppet.
Su espalda era más elástica de lo que Gregor había pensado.
Hans ryg var mere elastisk, end Gregor havde troet.
Así que el sonido era más apagado y no tan perceptible.
Så lyden var mere kedelig og ikke så mærkbar.
Pero no había cuidado su cabeza durante la caída.
Men han havde ikke passet på sit hoved under faldet.
Y cuando golpeó el suelo también se golpeó la cabeza.
Og da han ramte jorden, slog han også hovedet.
Se frotó la cabeza contra la alfombra con rabia y dolor.
Han gned sit hoved i gulvtæppet i vrede og smerte.
Pero el gerente de la habitación de al lado escuchó el ruido.
Men bestyreren på værelset ved siden af hørte støjen.

"Algo cayó allí", observó correctamente.
"Noget faldt derind," bemærkede han korrekt.
Gregor intentó imaginarse al gerente en su situación.
Gregor prøvede at forestille sig lederen i sin situation.
"¿Podría pasarle lo mismo a él?" se preguntó.
"Kunne det samme ske for ham?" tænkte han.
Aceptó que este extraño acontecimiento pudiera ser posible.
Han accepterede, at denne mærkelige begivenhed kunne være
mulig.
**Y entonces el jefe de oficina dio unos pasos hacia la
habitación.**
Og så tog chefskriveren et par skridt hen til værelset.
Fue casi una respuesta burda a la pregunta que hizo.
Det var næsten et groft svar på det spørgsmål, han stillede.
Sus botas de cuero crujieron cuando se acercó a la puerta.
Hans læderstøvler knirkede, da han nærmede sig døren.
Desde la habitación de su derecha su criada le susurró:
Fra værelset til højre for ham hviskede hans tjenestepige til
ham.
Gregor, el representante autorizado está aquí.
"Gregor, den bemyndigede repræsentant er her."
—Lo sé —dijo Gregor, pero sólo en voz baja, para sí mismo.
"Jeg ved det," sagde Gregor, men kun stille for sig selv.
No se atrevió a levantar la voz por encima de un susurro.
Han turde ikke hæve stemmen over en hvisken.
Porque Gregor no quería que su hermana lo oyera.
Fordi Gregor ikke ville, at hans søster skulle høre ham.
—Gregor —dijo el padre desde la habitación de la izquierda.
"Gregor," sagde faderen fra værelset til venstre.
"El gerente ha venido a comprobar cuál es el problema".
"Chefen er kommet for at undersøge, hvad problemet er."
"Él te preguntó por qué no saliste en el tren temprano."
"Han spurgte, hvorfor du ikke tog det tidlige tog."
"No sabemos qué decirle", dijo el padre.
"Vi ved ikke, hvad vi skal sige til ham," sagde faderen.
"Por cierto, también quiere hablar contigo personalmente."
"Forresten, han vil også gerne tale med dig personligt."

"Por favor, abre la puerta para que pueda hablar contigo."
"Åbn venligst døren, så han kan tale med dig."
"Tendrá la amabilidad de disculpar el desorden en la habitación".
"Han vil være venlig nok til at undskylde rodet i rummet."
"Buenos días, señor Samsa", le saludó el gerente.
"Godmorgen, hr. Samsa," råbte bestyreren til ham.
Y ciertamente le habló de manera amistosa.
Og han talte bestemt venligt til ham.
"No está bien", le dijo la madre al gerente.
"Han har det ikke godt," sagde moderen til bestyreren.
"No se encuentra bien en absoluto, créame, querido gerente."
"Han har det slet ikke godt, tro mig, kære bestyrer."
¿Por qué si no, Gregor perdería el tren de la mañana?
"Hvorfor skulle Gregor ellers misse morgentoget?"
"El chico no tiene nada en la cabeza excepto el negocio."
"Drengen har ikke andet i tankerne end forretningen."
"Casi me molesta que no haga nada más".
"Det irriterer mig næsten, at han ikke laver andet."
"Me gustaría que saliera por las noches a tomar aire fresco".
"Jeg ville ønske, han gik ud om aftenen for at få frisk luft."
"Estuvo en la ciudad ocho días por negocios."
"Han var i byen i otte dage i forbindelse med forretninger."
"Pero él estaba en casa todas esas noches"
"Men så var han hjemme hver af de aftener"
"Se sienta en nuestra mesa y lee el periódico".
"Han sidder ved vores bord og læser avisen."
"En otras ocasiones, estudia los horarios de los trenes."
"På andre tidspunkter studerer han togenes køreplaner."
"A veces se mantiene ocupado con la carpintería".
"Nogle gange holder han sig selv beskæftiget med tømrerarbejde."
"Por ejemplo, talló un pequeño marco de madera para cuadros".
"For eksempel udskårede han en lille træramme med billeder."
"Estuvo ocupado con la sierra durante dos o tres tardes".
"I to eller tre aftener var han travlt optaget af saven."

"**Te sorprenderá lo bonito que es el marco de fotos**".

"Du vil blive forbløffet over, hvor smuk billedrammen er."

"**Ha colgado el marco de fotos en su habitación.**"

"Han har hængt billedrammen op på sit værelse."

"**Cuando abra la puerta veréis su carpintería.**"

"Når han åbner døren, vil du se hans træværk."

"**Por cierto, me alegro de que esté aquí, señor Prokurist**".

"Forresten, jeg er glad for, at De er her, hr. Prokurist."

"**Solos no habríamos podido lograr que Gregor abriera la puerta.**"

"Vi alene kunne ikke have fået Gregor til at åbne døren."

"**Es muy terco**", le confesó su madre al empleado.

"Han er så stædig," indrømmede hans mor over for ekspedienten.

"**Ciertamente está enfermo, aunque antes lo negó**".

"Han er bestemt syg, selvom han benægtede det før."

"**Estaré allí enseguida**", dijo Gregor lentamente y con cuidado.

"Jeg kommer straks," sagde Gregor langsomt og forsigtigt.

Pero no hizo ningún movimiento hacia la puerta de la habitación.

Men han bevægede sig ikke hen imod døren til værelset.

No quería perderse ni una palabra de la conversación.

Han ville ikke miste et ord af samtalen.

El secretario jefe estuvo de acuerdo con la evaluación de la madre.

Chefsekretæren var enig i moderens vurdering.

-Tampoco puedo explicarlo de otra manera, señora.

"Jeg kan heller ikke forklare det på nogen anden måde, frue."

"**Esperemos que no tenga ninguna enfermedad grave**", dijo.

"Lad os alle håbe, at han ikke bliver alvorligt syg," sagde han.

"**Por otro lado, es un peligro en nuestra industria**".

"På den anden side er det en fare i vores branche."

"**Nosotros, los empresarios, a menudo tenemos que superar el malestar.**"

"Vi forretningsfolk skal ofte overvinde ubehag."

"**Los profesionales simplemente tienen que aguantar los dolores leves**".

"Professionelle skal bare klare sig igennem små smerter."

Mientras tanto su padre volvió a llamar a la otra puerta.

Imens bankede hans far på den anden dør igen.

"**¿Puede entrar ahora el jefe de oficina?**" quiso saber.

"Kan chefsekretæren komme ind nu?" ville han vide.

"**No, no puede**", respondió Gregor a la pregunta de su padre.

"Nej, det kan han ikke," svarede Gregor på sin fars spørgsmål.

Un silencio incómodo cayó en la habitación de la izquierda.

En akavet stilhed faldt i rummet til venstre.

En la habitación de la derecha la hermana comenzó a sollozar.

I værelset til højre begyndte søsteren at hulke.

¿Por qué la hermana no se había ido a estar con los demás?

Hvorfor var søsteren ikke gået hen for at være sammen med de andre?

Probablemente acababa de levantarse de la cama, pensó.

Hun var sikkert lige stået op af sengen, tænkte han.

Es posible que ni siquiera haya empezado a vestirse todavía.

Hun er måske slet ikke begyndt at klæde sig på endnu.

Pero Gregor no podía entender por qué ella lloraba.

Men Gregor kunne ikke forstå, hvorfor hun græd.

¿Fue porque no se levantó y dejó entrar al gerente?

Var det fordi han ikke rejste sig og lukkede lederen ind?

¿Fue porque estaba en peligro de perder su trabajo?

Var det fordi han var i fare for at miste sit job?

¿Podría el jefe venir a buscar a los padres como antes?

Mon chefen kommer efter forældrene ligesom før?

¿Iba a volver a hacerles las mismas exigencias de siempre?

Ville han stille de gamle krav til dem igen?

Estas cosas probablemente no hacían que hubiera que preocuparse.

Disse ting behøvede man nok ikke at bekymre sig om.

Por el momento no tenía motivos para llorar.

Foreløbig havde hun ingen grund til at græde.

Gregor todavía estaba allí, manteniendo a la familia.

Gregor var stadig her og forsørgede familien.

Y nunca tuvo intención de abandonar a la familia.

Og han havde aldrig nogen intentioner om at forlade familien.

Por el momento, simplemente permaneció tendido sobre la alfombra.

Foreløbig lå han bare der på gulvtæppet.

La familia desconocía la condición en la que se encontraba.

Familien vidste ikke, hvilken tilstand han var i.

Si lo hubieran sabido no habrían animado a su jefe.

Hvis de havde vidst det, ville de ikke have opmuntret hans chef.

Ni siquiera habrían dejado entrar al gerente a la casa.

De ville ikke engang have lukket bestyreren ind i huset.

No habría sido particularmente grosero rechazarlo.

At afvise ham ville ikke have været særlig uhøfligt.

Fácilmente podría haber encontrado una excusa adecuada más tarde.

Han kunne nemt have fundet en passende undskyldning senere.

No era algo por lo que lo hubieran podido despedir.

Det var ikke noget, han kunne være blevet fyret for.

Gregor pensó que ahora sería más sensato que lo dejaran solo.

Gregor følte, at det ville være mere fornuftigt at blive overladt til sig selv nu.

Molestarlo con llantos y conversaciones no sirvió de mucho.

At forstyrre ham med gråd og snak opnåede ikke meget.

Pero fue la incertidumbre lo que molestó a los demás.

Men det var usikkerheden, der generede de andre.

Y fue esta incertidumbre la que justificó su comportamiento.

Og det var denne usikkerhed, der undskyldte deres opførsel.

—¡Señor Samsa! —gritó el gerente en voz alta.

"Hr. Samsa," råbte bestyreren med hævet stemme.

"¿Qué te pasa?" quiso saber.

"Hvad sker der med dig?" ville han vide.

"Te has atrincherado en tu habitación."

"Du har barrikaderet dig selv på dit værelse."

"Solo puedes responder con un 'sí' o un 'no'."
"Du svarer kun med enten et 'ja' eller et 'nej'."
"Estás causando serias preocupaciones a tus padres."
"Du forårsager dine forældre alvorlige bekymringer."
"No veo ninguna buena razón para preocuparlos".
"Jeg kan ikke se nogen god grund til, at du skulle bekymre
dem."
"Hay otra cosa más que mencionaré de paso."
"Der er én anden ting, jeg vil nævne i forbifarten."
"También estás descuidando tus obligaciones comerciales
hacia nosotros".
"Du forsømmer også dine forretningspligter over for os."
"Esa irresponsabilidad está totalmente fuera de tu carácter".
"Sådan uansvarlighed er helt ude af din karakter."
"Hablo aquí en nombre de tus padres y de tu jefe".
"Jeg taler her på vegne af dine forældre og din chef."
"Y os pido una explicación inmediata y clara."
"Og jeg beder dig om en øjeblikkelig og klar forklaring."
"Todo esto realmente me sorprende, debo decir".
"Det hele forbløffer mig virkelig, må jeg sige."
"Pensé que te conocía como una persona tranquila y
razonable."
"Jeg troede, jeg kendte dig som en rolig og fornuftig person."
"Pero ahora nos estás mostrando un lado diferente de ti".
"Men nu viser du os en anden side af dig selv."
"De repente estás mostrando tus caprichos tan peculiares."
"Pludselig viser du dine meget ejendommelige luner."
"Pero podría haber una explicación para tu fracaso".
"Men der kan være en forklaring på din fiasko."
"El jefe mencionó una deuda que usted había cobrado para
nosotros."
"Chefen nævnte en gæld, du havde inddrevet for os."
"Le di al jefe mi palabra de honor en tu nombre".
"Jeg gav chefen mit æresord på dine vegne."
"Pero ahora veo tu incomprensible terquedad."
"Men nu ser jeg din ubegribelige stædighed."
"Aún podría perder todo mi deseo de ayudarte."

"Jeg mister måske stadig al lyst til at hjælpe dig."

"Su seguridad laboral no es en absoluto totalmente estable".

"Din jobsikkerhed er på ingen måde helt stabil."

"Originalmente tenía la intención de contarte todo esto en privado".

"Jeg havde oprindeligt til hensigt at fortælle dig alt dette privat."

"Pero ahora veo que quieres que pierda mi tiempo aquí".

"Men nu ser jeg, at du vil have mig til at spilde min tid her."

"Así que no veo ninguna razón por la que tus padres no deberían saberlo."

"Så jeg ser ingen grund til, at dine forældre ikke skulle vide det."

"Su desempeño reciente no ha sido satisfactorio."

"Din seneste præstation har ikke været tilfredsstillende."

"Reconozco que las ventas son más lentas en esta época del año".

"Jeg indrømmer, at salget er langsommere på denne tid af året."

"Pero no hay época del año en que no haya ventas".

"Men der er ingen tid på året, hvor der ikke er salg."

Por un momento Gregor olvidó todo lo que le rodeaba.

Et øjeblik glemte Gregor alt omkring sig.

—¡Pero señor Prokurist! —gritó Gregor desesperado.

"Men hr. Prokurist," udbrød Gregor fortvivlet.

"Abriré la puerta enseguida, ahora mismo, no te preocupes."

"Jeg åbner døren med det samme, lige nu, bare rolig."

"El problema es que me he estado sintiendo bastante mal."

"Problemet er, at jeg har haft det ret dårligt."

"Mi mareo me impidió llegar a la puerta."

"Min svimmelhed forhindrede mig i at komme hen til døren."

"Todavía estoy en cama, pero me siento mucho mejor."

"Jeg ligger stadig i sengen, men jeg har det meget bedre."

"Un momento por favor, me estoy levantando de la cama."

"Et øjeblik, tak, jeg står lige op af sengen."

"Un momento de paciencia es todo lo que pido, señor Prokurist."

"Et øjebliks tålmodighed er alt, hvad jeg beder om, hr. Prokurist."
"No va tan bien como pensaba, pero estaré bien".
"Det går ikke så godt, som jeg troede, men det skal nok gå."
"¿Cómo puede sucederle algo así a una persona tan rápidamente?"
"Hvordan kan sådan noget ske for et menneske så hurtigt?"
"Me sentí bien anoche, mis padres lo saben."
"Jeg havde det fint i går aftes, det ved mine forældre."
"Pero quizá ya tuve una pequeña premonición entonces."
"Men måske havde jeg allerede en lille forudanelse dengang."
"Quizás te preguntes por qué no lo reporté en la oficina".
"Du spørger måske, hvorfor jeg ikke anmeldte det på kontoret."
"Pensé que me sentiría mucho mejor por la mañana".
"Jeg troede, jeg ville have det meget bedre igen i morgen."
"Uno siempre piensa que para entonces ya habrá superado la enfermedad."
"Man tror altid, at de vil besejre sygdommen til den tid."
"¡Pero por favor! ¡Libera a mis padres de estas acusaciones!"
"Men vær sød! Skån mine forældre for disse beskyldninger!"
"No me han dicho ni una palabra de lo que me contaste."
"Jeg har ikke fået et ord at vide om, hvad du fortalte mig."
"Puede que no hayas leído las últimas órdenes que envié".
"Du har måske ikke læst de sidste ordrer, jeg sendte ud."
"Por cierto, no tienes que preocuparte por mí hoy."
"Forresten, du behøver ikke bekymre dig om mig i dag."
"Aun así voy a tomar el tren de las ocho."
"Jeg tager stadig toget klokken otte."
"Las pocas horas de descanso me han fortalecido bastante".
"De få timers hvile har styrket mig nok."
"Realmente no hay necesidad de esperar, gerente."
"Der er virkelig ingen grund til, at du venter, chef."
"Yo también estaré en la oficina muy pronto."
"Jeg skal også snart selv på kontoret."
"Y por favor, ten la amabilidad de decirme algo bueno".
"Og vær så venlig at lægge et godt ord ind for mig."

Gregor había pronunciado su explicación con bastante precipitación.
Gregor havde udtalt sin forklaring ret hurtigt.
Apenas sabía lo que realmente estaba tratando de decir.
Han vidste knap nok, hvad han egentlig prøvede at sige.
Se acercó a la caja y trató de usarla para ponerse de pie.
Han gik hen til kassen og prøvede at bruge den til at rejse sig op.
Realmente tenía toda la intención de abrir la puerta.
Han havde virkelig til hensigt at åbne døren.
Quería ser visto por el representante autorizado.
Han ønskede at blive set af den bemyndigede repræsentant.
Y quería resolver el problema con él personalmente.
Og han ville løse problemet sammen med ham personligt.
Estaba ansioso por saber cómo reaccionarían los demás ante él.
Han var ivrig efter at vide, hvordan de andre ville reagere på ham.
Ya deben estar ansiosos por ver cómo está.
De må nu også være ivrige efter at se, hvordan han har det.
Había dos formas posibles en las que podían reaccionar ante él.
Der var to mulige måder, de kunne reagere på ham.
Una posibilidad era que estuvieran asustados.
En mulighed var, at de ville blive bange.
Si estaban asustados entonces él no tenía ninguna responsabilidad.
Hvis de var bange, havde han intet ansvar.
Y entonces no tendría que preocuparse por la situación.
Og så ville han ikke behøve at bekymre sig om situationen.
Pero también había otra posibilidad en la que pensar.
Men der var også en anden mulighed at tænke over.
Quizás aceptarían con calma su forma de ser.
Måske ville de roligt acceptere, som han var.
Entonces Gregor tampoco tendría motivos para enojarse.
Så ville Gregor heller ikke have nogen grund til at blive ked af det.

Todavía habría tiempo suficiente para coger el tren.
Der ville stadig være tid nok til at nå toget.
Sin embargo, mantenerse en pie no fue una tarea fácil.
Det var dog på ingen måde en nem opgave at stå oprejst.
En sus primeros intentos se resbaló de la caja.
Ved sine første par forsøg gled han af kassen.
La caja era demasiado lisa para que él pudiera apoyarse contra ella.
Kassen var for glat til, at han kunne stå op ad den.
Y finalmente se dio un último empujón para ponerse de pie.
Og til sidst gav han sig selv et sidste skub for at rejse sig op.
Ya no le prestó más atención al dolor en su abdomen.
Han var ikke mere opmærksom på smerten i maven.
No importaba cuánto dolor sintiera, él lo superaría.
Uanset hvor meget smerten var, ville han komme igennem den.
Se dejó caer contra el respaldo de una silla cercana.
Han lod sig falde mod ryglænet på en stol i nærheden.
Y se agarró a los bordes con sus pequeñas piernas.
Og han holdt fast i kanterne med sine små ben.
En ese momento ya tenía más control de sí mismo.
På dette tidspunkt havde han fået mere kontrol over sig selv.
Y su caída fue más silenciosa que la anterior.
Og hans fald var mere stille end det foregående.
Porque tenía que escuchar lo que decía el gerente.
Fordi han var nødt til at lytte til, hvad lederen sagde.
¿Entendieron algo de eso?, preguntó a los padres.
"Forstod I noget af det?" spurgte han forældrene.
"No se burlaría de nosotros, ¿verdad?"
"Han ville vel ikke gøre os til grin?"
—¡Por Dios! —gritó la madre, ya llorando.
"For Guds skyld," råbte moderen, allerede grædende.
"Puede que esté gravemente enfermo y lo estamos atormentando".
"Han er måske alvorligt syg, og vi plager ham."
"¡Grete! ¡Grete!", le gritó a la hija.
"Grete! Grete!" skreg hun til datteren.

"¿Mamá?" llamó la hermana desde el otro lado.

"Mor?" råbte søsteren fra den anden side.

Luego se comunicaron a través de la habitación de Gregor.

Så kommunikerede de gennem Gregors værelse.

Gregor está muy enfermo y necesita medicamentos.

"Gregor er meget syg, og han har brug for medicin."

"Tendrás que ir al médico inmediatamente."

"Du bliver nødt til at gå til lægen med det samme."

¿Escuchaste cómo habló Gregor hace un momento?

"Hørte du, hvad Gregor lige talte på?"

"Esa era la voz de un animal", dijo el gerente.

"Det var et dyrs stemme," sagde bestyreren.

Sus palabras eran silenciosas comparadas con los gritos de la madre.

Hans ord var stille sammenlignet med moderens skrig.

—¡Anna! ¡Anna! —llamó el padre desde la antesala.

"Anna! Anna!" råbte faderen gennem forværelset.

Y aplaudió para llamar su atención.

Og han klappede i hænderne for at få deres opmærksomhed.

"¡Llama a un cerrajero inmediatamente!" le ordenó a la criada.

"Få fat i en låsesmed med det samme!" beordrede han stuepigen.

Las muchachas, con sus faldas, corrían por la antesala.

Pigerne løb gennem forværelset i deres nederdele.

Y sus faldas crujieron mientras corrían frente a su habitación.

Og deres nederdele raslede, da de løb forbi hans værelse.

"¿Cómo se vistió la hermana tan rápido?" pensó.

"Hvordan fik søsteren tøj på så hurtigt?" tænkte han.

La puerta se abrió de golpe, pero no se cerró de golpe.

Døren blev revet op, men den blev ikke smækket i.

Esto es común en los hogares donde ocurre una gran desgracia.

Dette er almindeligt i hjem, hvor der sker en stor ulykke.

Pero todo esto había hecho que Gregor se volviera mucho más tranquilo.

Men alt dette havde fået Gregor til at blive meget roligere.
Cuando escuchó sus propias palabras le parecieron claras.
Da han hørte sine egne ord, virkede de klare for ham.
De hecho, sintió que sus palabras habían sido más claras.
Faktisk følte han, at hans ord havde været klarere.
Pero los demás ya no entendían lo que decía.
Men de andre forstod ikke længere, hvad han sagde.
Quizás ya se había acostumbrado a sus oídos.
Måske var han nu blevet vant til sine ører.
Pero al menos ahora entendían mejor su situación.
Men i det mindste forstod de nu hans situation bedre.
Se dieron cuenta de que realmente había algo mal con él.
De indså virkelig, at der var noget galt med ham.
Y ahora estaban haciendo todo lo que podían para ayudarlo.
Og nu gjorde de alt, hvad de kunne, for at hjælpe ham.
Esto le dio a Gregor una sensación de confianza que le faltaba.
Dette gav Gregor en følelse af selvtillid, han manglede.
Y se sintió nuevamente mucho más seguro en la familia.
Og han følte sig meget mere tryg igen i familien.
Se sintió incluido nuevamente en el círculo humano.
Han følte, at han igen var en del af den menneskelige kreds.
Ahora tenía que esperar que el cerrajero pudiera abrir la puerta.
Nu måtte han håbe, at låsesmeden kunne åbne døren.
Y esperaba que el médico pudiera realizar tales tareas.
Og han håbede, at lægen kunne udføre sådanne opgaver.
Pronto tendría que hablar más.
Han skulle snart snakke mere igen.
Su voz tendría que ser lo más clara posible.
Hans stemme skulle være så klar som muligt.
Para prepararse para la reunión se aclaró la garganta.
For at forberede sig til mødet rømmede han sig.
Sin embargo, hizo todo lo posible para toser muy silenciosamente.
Han gjorde dog sit bedste for kun at hoste meget stille.
El ruido podría haber sonado diferente a una tos humana.

Lyden kan have lydt anderledes end en menneskelig hoste.
Sabía que ya no podía diferenciar esas cosas.
Han vidste, at han ikke længere kunne skelne mellem den
slags ting.
En la habitación contigua reinaba un silencio absoluto.
I det næste rum var der blevet helt stille.
Los padres probablemente estaban sentados a la mesa.
Forældrene sad sandsynligvis ved bordet.
Quizás estaban susurrando con el gerente.
De har måske hvisket med lederen.
Quizás todos estaban apoyados en la puerta y escuchando.
Måske lænede alle sig ved døren og lyttede.
Gregor empujó lentamente la silla hacia la puerta.
Gregor skubbede langsomt stolen hen mod døren.
Empujó la puerta y se mantuvo en pie.
Han skubbede sig mod døren og rankede sig op.
**Se enteró de que las almohadillas de sus pies tenían un poco
de pegamento.**
Han fandt ud af, at hans fodpuder havde lidt lim.
Y descansó allí un momento del esfuerzo.
Og han hvilede sig der et øjeblik fra anstrengelsen.
**Después de descansar lo suficiente, comenzó con la
siguiente tarea.**
Efter at have hvilet sig nok, begyndte han på den næste
opgave.
Empezó a girar la llave en la cerradura con la boca.
Han begyndte at dreje nøglen i låsen med munden.
Desafortunadamente, parecía que no tenía dientes reales.
Desværre så det ud til, at han ikke havde nogen rigtige
tænder.
¿Pero qué otra forma tenía de conseguir las llaves?
Men hvilken anden måde havde han at få fat i nøglerne på?
**Afortunadamente para él, sus mandíbulas eran, por
supuesto, muy fuertes.**
Heldigvis for ham var hans kæber selvfølgelig meget stærke.
**Con la ayuda de sus mandíbulas realmente consiguió mover
la llave.**

Med hjælp fra sine kæber fik han virkelig nøglen i gang.
No tenía ninguna duda de que él también se estaba haciendo daño.
Han var ikke i tvivl om, at han også forvoldte sig selv skade.
Porque de su boca salía un líquido marrón.
Fordi der kom en brun væske ud af hans mund.
El líquido marrón fluyó sobre la llave y por la puerta.
Den brune væske fløch over nøglen og ned ad døren.
Pero a Gregorio no le importaba hacerse daño a sí mismo.
Men Gregor var ligeglad med, at han skadede sig selv.
"¿Puedes oír eso?" dijo el gerente en la habitación de al lado.
"Kan du høre det?" spurgte bestyreren i det næste værelse.
"Está girando la llave", había notado el gerente.
"Han drejer nøglen," havde lederen bemærket.
Estas palabras fueron un gran estímulo para Gregor.
Disse ord var en stor opmuntring for Gregor.
Pero el padre y la madre también deberían haber gritado:
Men far og mor burde også have råbt:
«¡Bien, Gregor!», deberían haberle gritado.
"Godt, Gregor," burde de have råbt til ham.
"Sigue adelante, sigue girando esa llave, puedes lograrlo".
"Bliv ved, bliv ved med at dreje nøglen, du kan klare det."
Pero Gregor tuvo que imaginarse su emoción.
Men i stedet måtte Gregor forestille sig deres begejstring.
Apretó las mandíbulas con toda la fuerza que tenía.
Han kneb kæberne sammen med al den styrke, han havde.
Y continuó girando la llave en la cerradura.
Og han fortsatte med at dreje nøglen rundt i låsen.
Dolorosamente su cuerpo se retorció en un círculo.
Smertefuldt vred hans krop sig rundt i en cirkel.
Ahora se mantenía erguido únicamente con la boca.
Nu holdt han sig oprejst kun med munden.
Para seguir girando la llave presionó contra la puerta.
For at blive ved med at dreje nøglen pressede han mod døren.
Finalmente el chasquido de la cerradura despertó de nuevo a Gregor.
Endelig vækkede låsens snap Gregor igen.

"Así que no necesité al cerrajero", suspiró aliviado.
"Så jeg behøvede ikke låsesmeden," sukkede han lettet.
Ahora sólo faltaba abrir la puerta que había desbloqueado.
Nu skulle han bare åbne den dør, han havde låst op.
Y con la cabeza en el pomo abrió la puerta.
Og med hovedet på håndtaget åbnede han døren.
Estaba detrás de la puerta que daba a su habitación.
Han stod bag døren, som åbnede ind til hans værelse.
Así que la puerta ya estaba abierta antes de que pudiera ser visto.
Så døren var allerede åben, før han kunne ses.
A continuación tuvo que maniobrar para rodear la puerta.
Dernæst måtte han manøvrere sig rundt om selve døren.
Este difícil movimiento también requirió mucho esfuerzo.
Denne vanskelige bevægelse krævede også en stor indsats.
No quería caer torpemente en la habitación contigua.
Han ville ikke falde klodset ind i det næste rum.
Así que no tuvo tiempo de prestar atención a nada más.
Så han havde ikke tid til at fokusere på andet.
Pero entonces oyó al jefe de oficina exclamar en voz alta: "¡Oh!".
Men så hørte han chefsekretæren udbryde et højt "Åh!"
Sonaba como si el viento corriera a través de la casa.
Det lød som om vinden susede gennem huset.
Resultó que él era el que estaba más cerca de la puerta.
Han var tilfældigvis den, der var tættest på døren.
Y al verlo, se llevó la mano a la boca.
Og nu, da han så ham, pressede han hånden for munden.
Se movió lentamente hacia atrás, alejándose de Gregor.
Han bevægede sig langsomt baglæns, væk fra Gregor.
Pero era como si una fuerza invisible actuara sobre él.
Men det var som om en usynlig kraft virkede på ham.
Lo primero que hizo la madre fue mirar al padre.
Det første moderen gjorde var at se på faderen.
A pesar de la presencia del gerente, su cabello estaba despeinado.
Trods bestyrerens tilstedeværelse var hendes hår ujævnt.

Desplegó los brazos y dio dos pasos hacia adelante.
Hun foldede armene ud og tog to skridt frem.
Pero entonces se desplomó en medio de su falda.
Men så kollapsede hun midt i sin nederdel.
Su vestido se extendió a su alrededor en el suelo.
Hendes kjole spredte sig rundt om hende på gulvet.
Y su cabeza desapareció sobre sus propios pechos.
Og hendes hoved forsvandt ned på hendes egne bryster.
El padre apretó el puño con expresión hostil.
Faderen knyttede næven med et fjendtligt udtryk.
Parecía querer que Gregor fuera empujado de nuevo a su habitación.
Han virkede til at ville have Gregor skubbet tilbage ind på sit værelse.
Luego miró con incertidumbre alrededor de la sala de estar.
Så kiggede han usikkert rundt i stuen.
Y finalmente se cubrió los ojos entre las manos.
Og til sidst dækkede han øjnene mellem hænderne.
Y lloró amargamente hasta que su poderoso pecho se estremeció.
Og han græd bitterligt, indtil hans mægtige bryst rystede.
Gregor en realidad no entró en su habitación.
Gregor gik faktisk slet ikke ind på deres værelse.
En lugar de eso, se apoyó contra el marco de la puerta.
I stedet lænede han sig op ad dørkarmen.
Para los que estaban desde fuera solo era visible la mitad de su cuerpo.
Kun halvdelen af hans krop var synlig for dem udenfor.
Y encima de su cuerpo estaba su cabeza, inclinada hacia un lado.
Og oven på hans krop var hans hoved, vippet til siden.
Para entonces la luz se había vuelto mucho más brillante que antes.
Nu var lyset blevet meget klarere end før.
Ahora se podía ver claramente el otro lado de la calle.
Nu kunne man tydeligt se den anden side af gaden.
Apareció una sección del interminable y gris hospital.

En del af det endeløse, grå hospital åbenbarede sig.
La lluvia de la mañana aún no había parado del todo de caer.
Morgenregnet var ikke helt holdt op med at falde endnu.
Pero ahora las gotas de lluvia eran más grandes y estaban más separadas.
Men nu var regndråberne større og længere fra hinanden.
Los platos del desayuno estaban en abundancia en la mesa.
Morgenmadsretterne var på bordet i overflod.
El padre pensaba que el desayuno era la comida más importante.
Faderen mente, at morgenmaden var det vigtigste måltid.
El desayuno era una comida que se prolongaba durante horas.
Morgenmaden var et måltid, han trak ud i timevis.
Y en esas horas leía los distintos periódicos.
Og i disse timer læste han de forskellige aviser.
Justo en la pared opuesta colgaba una fotografía de Gregor.
Lige på den modsatte væg hang et fotografi af Gregor.
La fotografía en la pared lo mostraba como teniente.
Fotografiet på væggen viste ham som løjtnant.
Era una fotografía de su época en el ejército.
Det var et billede fra dengang han var i militæret.
Su mano estaba sobre su espada y tenía una sonrisa despreocupada.
Hans hånd var på sit sværd, og han havde et ubekymret smil.
Su postura y su uniforme exigían cierto respeto.
Hans kropsholdning og hans uniform krævede en vis respekt.
La otra puerta que conducía a la antesala también estaba abierta.
Den anden dør, der førte ind til forværelset, var også åben.
Y la puerta del apartamento todavía estaba abierta también.
Og døren ind til lejligheden var stadig åben.
Se podía ver hasta el patio delantero del apartamento.
Man kunne se hele vejen til lejlighedens forgård.
Y luego las escaleras conducían a la calle de abajo.
Og så førte trappen ned til gaden nedenfor.
Gregor fue el único que mantuvo la compostura.

Gregor var den eneste, der havde bevaret fatningen.

Él vio esto, por lo que la conversación era su responsabilidad.

Han så dette, så samtalen var hans ansvar.

"Bueno, ahora me voy a vestir para ir a trabajar", dijo.

"Nå, jeg skal lige til at klæde mig på til arbejde," sagde han.

"Después de haber empaquetado las muestras textiles, me iré."

"Når jeg har pakket tekstilprøverne, går jeg."

"¿Aún tiene intención de dispararme, señor Prokurist?"

"Har De stadig til hensigt at fyre mig, hr. Prokurist?"

"Como puedes ver, no soy tan terco como pensabas."

"Som du kan se, er jeg ikke så stædig, som du troede."

"Y puedes ver que después de todo me gusta trabajar".

"Og du kan se, at jeg trods alt godt kan lide at arbejde."

"Puedo admitir que viajar por trabajo no es fácil".

"Jeg kan indrømme, at det ikke er nemt at rejse i forbindelse med arbejdet."

"Pero también puedo aceptar que es parte de mi trabajo".

"Men jeg kan også acceptere, at det er en del af mit arbejde."

"Gerente, ¿adónde va? ¿De vuelta a la oficina?"

"Leder, hvor skal du hen? Tilbage til kontoret?"

"¿Informarás verazmente de todo lo que has visto?"

"Vil du ærligt fortælle alt, hvad du har set?"

"A veces sucede que uno no puede ir a trabajar."

"Nogle gange sker det, at man ikke kan gå på arbejde."

"Este es el momento adecuado para recordar los logros pasados".

"Det er det rette tidspunkt at mindes tidligere præstationer."

"Después de eliminar la dificultad, uno trabaja aún mejor."

"Efter at have fjernet vanskeligheden, fungerer man endnu bedre."

"Mi diligencia y concentración aumentarán".

"Min flid og koncentration vil stige."

"Sabes muy bien que estoy en deuda con el jefe."

"Du ved udmærket godt, at jeg står i gæld til chefen."

"Pero también estoy preocupada por mis padres y mi hermana".
"Men jeg er også bekymret for mine forældre og min søster."
"Estoy en una situación difícil, pero encontraré la manera de salir de ella".
"Jeg er i en vanskelig situation, men jeg skal nok finde en løsning."
"No hagas esto más difícil de lo que ya es."
"Gør det ikke vanskeligere, end det allerede er."
"Como compañeros de trabajo también tenemos que ayudarnos unos a otros".
"Som kolleger skal vi også hjælpe hinanden."
"Sé que a los trabajadores de oficina no les gustan los viajeros".
"Jeg ved, at kontormedarbejderne ikke kan lide de rejsende."
"¿Crees que ganamos una fortuna y llevamos una buena vida?"
"Du tror, vi tjener en formue og lever et godt liv."
"No tienen ningún motivo real para considerar sus prejuicios".
"De har ingen reel grund til at overveje deres fordomme."
"Pero usted, oficial autorizado, tiene un papel diferente."
"Men du, bemyndiget officer, har en anden rolle."
"Tienes una mejor visión general que el resto del personal".
"Du har et bedre overblik end de andre medarbejdere."
"De hecho, creo que probablemente tengas la mejor visión general".
"Faktisk tror jeg, du måske har det bedste overblik."
"Tienes una visión mejor que el propio jefe".
"Du har et bedre overblik end chefen selv."
"Admito que el jefe hace el trabajo empresarial".
"Jeg indrømmer, at chefen udfører det iværksættermæssige arbejde."
"Pero es fácil que sus juicios sean erróneos."
"Men det er let at vildlede hans vurderinger."
"Y estos pequeños errores de juicio pueden ser en nuestro detrimento".

"Og disse små fejlvurderinger kan være til skade for os."
"Ya sabes lo fácil que es hablar del viajero."
"Du ved, hvor let det er at tale om den rejsende."
"Él no está allí para defender su reputación de los chismes".
"Han er ikke der for at forsvare sit omdømme mod sladder."
"Esas acusaciones pueden fácilmente ser meras coincidencias".
"Disse beskyldninger kan nemt bare være tilfældigheder."
"Muchas quejas ni siquiera tienen su base en ninguna verdad."
"Mange klager er ikke engang forankret i nogen sandhed."
"Está fuera de la oficina casi todo el año."
"Han er næsten ude af kontoret hele året."
¿Qué posibilidades tiene de defender su propia reputación?
"Hvilken chance har han for at forsvare sit eget omdømme?"
"Ni siquiera se entera de las acusaciones".
"Han får ikke engang at høre om beskyldningerne."
"Se entera de lo que se ha dicho cuando ya es demasiado tarde."
"Han finder ud af, hvad der er blevet sagt, når det er for sent."
A estas alturas ya está exhausto por el viaje del día.
"På det tidspunkt er han udmattet efter dagens rejse."
"De todos modos, tendrá que experimentar las terribles consecuencias".
"Han må alligevel opleve de forfærdelige konsekvenser."
"Aunque no tiene forma de entender el problema."
"Selvom han ikke har nogen måde at forstå problemet på."
"Oh, gerente, no se vaya sin decirme una palabra".
"Åh, chef, gå ikke uden at sige et ord til mig."
"Al menos dime que estás de acuerdo conmigo en parte."
"Sig mig i det mindste, at du delvist er enig med mig."
Pero el manager se había alejado de Gregor mucho antes.
Men bestyreren havde vendt sig bort fra Gregor meget tidligere.
Su hombro se contrajo cuando volvió a mirar a Gregor.
Hans skulder dirrede, da han kiggede tilbage på Gregor.

Y no se quedó quieto ni un solo momento durante su discurso.

Og han stod ikke stille én eneste gang under talen.

Él había mirado a Gregor con los labios fruncidos.

Han havde set tilbage på Gregor med sammenknibte læber.

Se había ido retirando gradualmente hacia la puerta.

Han havde langsomt trukket sig tilbage mod døren.

Pero tampoco podía apartar la mirada de Gregor.

Men han kunne heller ikke tage øjnene fra Gregor.

Sintió como si hubiera una prohibición secreta de salir de la habitación.

Han følte, at der var et hemmeligt forbud mod at forlade rummet.

Pero a estas alturas ya estaba en el vestíbulo de entrada.

Men på dette tidspunkt var han allerede i entréen.

Y ahora hizo un movimiento repentino hacia la salida.

Og nu gjorde han en pludselig bevægelse mod udgangen.

Extendió su mano derecha hacia las escaleras.

Han strakte sin højre hånd ud mod trappen.

Quizás una fuerza sobrenatural estaba esperando para salvarlo.

Måske ventede en overnaturlig kraft på at redde ham.

Gregor sabía que no podía permitir que se fuera así.

Gregor vidste, at han ikke kunne tillade ham at gå sådan her.

El gerente no debe regresar con el mismo humor en el que estaba.

Manageren må ikke vende tilbage i det humør, han var i.

La seguridad del trabajo de Gregor estaba en grave peligro.

Gregors jobsikkerhed var i stor fare.

Los padres no podían comprender plenamente todo esto.

Forældrene kunne ikke fuldt ud forstå alt dette.

Con los años se habían acostumbrado a su seguridad laboral.

Gennem årene havde de vænnet sig til hans jobsikkerhed.

Y se convencieron de que tenía el trabajo de por vida.

Og de var blevet overbeviste om, at han havde jobbet for livet.

En lugar de eso, se habían ocupado de otras preocupaciones.

I stedet havde de fået travlt med andre bekymringer.

Pero estas preocupaciones les hicieron perder toda previsión.
Men disse bekymringer førte til, at de mistede al
fremsynethed.
Gregor, sin embargo, no había perdido la previsión paterna.
Gregor havde dog ikke mistet forældrenes fremsyn.
Alguien tenía que detener al representante autorizado.
Nogen var nødt til at stoppe den bemyndigede repræsentant.
Iba a tener que calmarlo y convencerlo.
Han var nødt til at berolige ham og overbevise ham.
¡El futuro de Gregor y su familia dependía de ello!
Gregors og hans families fremtid afhang af det!
Ojalá la inteligente hermana hubiera estado allí para ayudar.
Hvis bare den intelligente søster havde været her for at
hjælpe.
**Ella ya había llorado cuando Gregor todavía estaba en su
habitación.**
Hun havde allerede grædt, da Gregor stadig var på sit
værelse.
**En ese momento él simplemente yacía tranquilamente boca
arriba.**
På det tidspunkt lå han bare stille på ryggen.
Ella ya sabía entonces la importancia de la situación.
Hun vidste allerede vigtigheden af situationen dengang.
**El gerente tenía una debilidad bien conocida por las
mujeres.**
Lederen havde et velkendt svaghed for kvinder.
**Ella fácilmente podría haberlo persuadido para que se
quedara más tiempo.**
Hun kunne nemt have overtalt ham til at blive længere.
Ella habría cerrado la puerta y lo habría guiado adentro.
Hun ville have lukket døren og ført ham ind igen.
**Pero desafortunadamente la hermana había ido a buscar un
médico.**
Men desværre var søsteren gået for at hente en læge.
Así que Gregor no tuvo más remedio que hacerlo él mismo.
Derfor havde Gregor intet andet valg end at gøre det selv.
No había considerado cuáles eran realmente sus habilidades.

Han havde ikke overvejet, hvad hans evner egentlig var.
Y se había olvidado de desconfiar de su capacidad de hablar.
Og han havde glemt at mistro sin evne til at tale.
Pero aún así, abandonó la seguridad de su habitación.
Men ikke desto mindre forlod han sit værelses sikkerhed.
Y se abrió paso a través de la abertura de la habitación.
Og han skubbede sig gennem åbningen i rummet.
El gerente ya estaba bajando las escaleras.
Lederen var allerede på vej ned ad trappen.
Pero él se agarraba a la barandilla con ambas manos.
Men han holdt fast i rækværket med begge hænder.
Gregor se cayó mientras intentaba atravesar la puerta.
Gregor faldt, da han skubbede sig gennem døren.
Dejó escapar un pequeño grito mientras trataba de agarrar algo para apoyarse.
Han udstødte et lille skrig, mens han greb fat i støtte.
Pero en lugar de pánico, sintió un bienestar físico.
Men i stedet for panik følte han et fysisk velvære.
Por primera vez esa mañana algo se sintió bien.
For første gang den morgen føltes noget rigtigt.
Todas sus piernas ahora tenían tierra sólida debajo de ellas.
Alle hans ben havde nu fast jord under sig.
Se sorprendió de lo bien que podía controlar sus piernas.
Han var overrasket over, hvor godt han kunne kontrollere sine ben.
Se alegró de notar que sus piernas le obedecían completamente.
Han var glad for at bemærke, at hans ben adlød ham fuldstændigt.
De hecho, sus piernas lo llevaban a donde quería.
Faktisk bar hans ben ham hvorhen han ville.
Pronto todas sus penas estaban destinadas a llegar a su fin.
Snart ville alle hans sorger være forbi.
Pero en ese mismo momento su propia madre saltó.
Men i samme øjeblik sprang hans egen mor op.
Sus brazos estaban extendidos y sus dedos separados.
Hendes arme var strakte ud, og hendes fingre var spredt.

Y ella gritó: "¡Socorro! ¡Por el amor de Dios, que alguien ayude!"

Og hun råbte: "Hjælp, for Guds skyld, hjælp!"

Ella inclinó la cabeza; quería ver mejor a Gregor.

Hun lagde hovedet på skrå; hun ville se Gregor bedre.

Pero en contraposición a la primera acción, ella corrió hacia atrás.

Men som en konklusion på den første handling løb hun tilbage.

Se había olvidado que la mesa estaba puesta detrás de ella.

Hun havde glemt, at bordet var dækket bag hende.

Todos los elementos para el desayuno todavía estaban en la mesa.

Alle tingene til morgenmad var stadig på bordet.

Se sentó apresuradamente en la mesa, como distraída.

Hun satte sig hurtigt ned på bordet, som om hun var distraheret.

Y ella no pareció darse cuenta del café derramado.

Og hun så ikke ud til at bemærke den spildte kaffe.

El café que ahora estaba empapando la alfombra.

Kaffen, som nu var ved at sive ind i tæppet.

—Mamá, madre —dijo Gregor suavemente, mirándola.

"Mor, mor," sagde Gregor sagte og så op på hende.

Por el momento el manager no era importante para él.

For øjeblikket var manageren ikke vigtig for ham.

Pero también estaba el café goteando sobre la alfombra.

Men der var også kaffen, der dryppede ned på gulvtæppet.

Gregor no pudo resistirse a chasquear las mandíbulas al tomar el café.

Gregor kunne ikke modstå at knipse med kæberne over kaffen.

La madre comenzó a llorar nuevamente por su comportamiento.

Moderen begyndte at græde igen på grund af hans opførsel.

Ella saltó de la mesa para distanciarse de él.

Hun sprang ned fra bordet for at distancere sig fra ham.

Y ella corrió a los brazos del padre, buscando seguridad.

Og hun løb ind i faderens arme, for at komme i sikkerhed.

Pero Gregor ya no tenía tiempo que perder con sus padres.

Men Gregor havde ikke tid tilovers for sine forældre nu.

El oficial autorizado ya estaba en las escaleras.

Den autoriserede betjent var allerede på trappen.

Apoyó la barbilla en la barandilla para mirar dentro de la casa.

Han havde hagen på rækværket for at kigge ind i huset.

Al parecer quería echar un último vistazo al espectáculo.

Tilsyneladende ville han have et sidste kig på skuet.

Y Gregor hizo un último esfuerzo para llegar hasta el gerente.

Og Gregor gjorde et sidste forsøg på at få fat i lederen.

Corrió hacia la puerta tan seguro como pudo.

Han løb hen mod døren så sikkert som han kunne.

Pero el jefe de oficina debía de sospechar algo.

Men chefsekretæren må have mistænkt noget.

Porque saltó varios escalones y desapareció.

Fordi han hoppede ned ad flere trin og forsvandt.

—¡Huh! —gritó Gregor, resonando en la escalera.

"Huh!" råbte Gregor og gav genlyd gennem trappeopgangen.

La fuga del gerente también pareció confundir a su padre.

Managerens flugt syntes også at forvirre hans far.

Hasta entonces había conseguido mantener la compostura.

Indtil da havde han formået at forholde sig nogenlunde fattet.

Pero desgraciadamente él también perdió la compostura que había tenido.

Men desværre mistede han også den fatning, han havde haft.

Lo que debería haber hecho es ayudar a Gregor en su persecución.

Hvad han burde have gjort var at hjælpe Gregor i hans jagt.

Pero con una mano agarró el bastón del gerente.

Men han greb bestyrerens stok i den ene hånd.

Y en la otra mano sostenía ahora un periódico.

Og i den anden hånd holdt han nu en avis.

Y ahora estorbó directamente a Gregor en su persecución.

Og han hindrede nu direkte Gregor i hans forfølgelse.

Se había colocado entre Gregor y la calle.

Han havde placeret sig mellem Gregor og gaden.

Golpeó el suelo con los pies y agitó el palo y el periódico.

Han stampede med fødderne og viftede med stokken og avisen.

Y él estaba forzando activamente a Gregor a regresar a su habitación.

Og han tvang aktivt Gregor tilbage ind på sit værelse.

Ninguna de las peticiones que Gregor intentó hacer sirvió de algo.

Ingen af de anmodninger, Gregor forsøgte at fremsætte, hjalp.

Porque ninguna de las peticiones que hizo fue entendida.

Fordi ingen af de anmodninger, han fremsatte, blev forstået.

Giró la cabeza hacia un ángulo más profundo y humilde.

Han drejede hovedet mod en dybere, mere ydmyg vinkel.

Pero su padre respondió golpeando el suelo con más fuerza.

Men hans far svarede ved at stampe endnu hårdere med fødderne.

La madre abrió una ventana, a pesar del clima frío.

Moderen åbnede et vindue, trods det kølige vejr.

Y apretó su cara entre sus manos en el frío.

Og hun pressede ansigtet i hænderne i kulden.

El viento ahora podría pasar por todo el apartamento.

Vinden kunne nu passere gennem hele lejligheden.

Una fuerte corriente de aire soplaba desde la escalera hacia el callejón.

En kraftig træk blæste fra trappen ned i gyden.

Las cortinas se agitaban a causa del fuerte viento.

Gardinerne blafrede omkring af den stærke vind.

Y el periódico sobre la mesa crujió con el viento.

Og avisen på bordet raslede i vinden.

Incluso algunas hojas fueron arrastradas hasta el interior de la casa desde el exterior.

Selv nogle blade blev blæst ind i huset udefra.

El padre pateaba y empujaba sin descanso.

Faderen stampede med fødderne og skubbede ubarmhjertigt.

Y silbaba y hacía ruidos como lo haría un hombre salvaje.

Og han hvæsede og lavede lyde, som en vild mand ville gøre.
Pero Gregor aún no había practicado el caminar hacia atrás.
Men Gregor havde endnu ikke øvet sig i at gå baglæns.
Incluso Gregor admitiría que este movimiento era mucho más lento.
Selv Gregor ville indrømme, at denne bevægelse var meget langsommere.
Pero lo único que quería era la oportunidad de cambiar las cosas.
Alt, hvad han ønskede, var dog muligheden for at vende om.
Entonces se habría ido directamente a su habitación.
Så ville han være gået direkte ind på sit værelse.
Pero tenía demasiado miedo de impacientar a su padre.
Men han var for bange for at gøre sin far utålmodig.
Y allí estaba la amenaza de un golpe con el palo.
Og der var truslen om et slag med stokken.
Un golpe así en la parte posterior de la cabeza podría ser fatal.
Et sådant slag i baghovedet kan være fatalt.
Pero al final Gregor no tuvo otra opción.
Men til sidst havde Gregor intet andet valg.
Se dio cuenta de que ni siquiera podía caminar hacia atrás en línea recta.
Han indså, at han ikke engang kunne gå baglæns ligeud.
Empezó a girar tan rápido como pudo.
Han begyndte at vende sig om så hurtigt som han kunne.
Pero en realidad este movimiento giratorio era igualmente lento.
Men i virkeligheden var denne drejebevægelse lige så langsom.
Y le siguieron las miradas ansiosas del padre.
Og han blev fulgt af faderens ængstelige blikke.
Quizás el padre notó las buenas intenciones de Gregor.
Måske lagde faderen mærke til Gregors gode intentioner.
Porque no le impidió darse la vuelta.
Fordi han ikke forstyrrede ham i at vende sig om.
Incluso utilizó la punta de su bastón para guiar la rotación.

Han brugte endda spidsen af sin stav til at styre rotationen.

¡Pero Gregor aún deseaba que su padre no le hubiera silbado!

Men Gregor ønskede stadig, at faderen ikke havde hvæset ad ham!

El silbido sólo aumentó la confusión del momento.

Hvæsen øgede kun øjeblikkets forvirring.

Y luego cometió un error y giró en la dirección equivocada.

Og så lavede han en fejl og drejede den forkerte vej.

Al final logró encarar el camino correcto.

Til sidst lykkedes det ham endelig at se situationen i den rigtige retning.

Y estaba satisfecho con el progreso que había logrado.

Og han var tilfreds med de fremskridt, han havde gjort.

Pero entonces el siguiente problema se hizo aún más evidente.

Men så blev det næste problem endnu mere tydeligt.

Su cuerpo era demasiado ancho para pasar fácilmente por la puerta.

Hans krop var for bred til nemt at passe gennem døren.

En su estado actual el padre no se dio cuenta de esto.

I sin nuværende tilstand bemærkede faderen ikke dette.

Así que no se le ocurrió abrir más la puerta.

Så det faldt ham ikke ind at åbne døren yderligere.

Entonces habría habido suficiente espacio para Gregor.

Så ville der have været plads nok til Gregor.

Su única prioridad era conseguir que Gregor entrara a su habitación.

Hans eneste prioritet var at få Gregor ind på sit værelse.

Habría tenido que ponerse de pie para poder pasar por la puerta.

Han skulle have stået op for at komme gennem døren.

Pero el padre no hubiera permitido tal maniobra.

Men faderen ville ikke have tilladt sådan en manøvre.

De hecho, le estaba siseando aún más salvajemente que antes.

Faktisk hvæsede han endnu vildere ad ham end før.

Sonaba como si más de un hombre le estuviera silbando.
Det lød som mere end bare én mand, der hvæsede ad ham.
Sus demandas parecían tener una nueva urgencia detrás.
Hans krav syntes at have en ny hastende karakter bag sig.
Realmente ya no había más tiempo para perder el tiempo.
Der var virkelig ikke mere tid til at rode rundt nu.
Pasara lo que pasara, Gregor tenía que atravesar la puerta.
Uanset hvad der skete, måtte Gregor komme gennem døren.
Se abrió paso sin ningún respeto por sí mismo.
Han pressede sig igennem uden nogen selvrespekt.
Un lado de su cuerpo fue empujado hacia arriba por el movimiento.
Den ene side af hans krop blev tvunget opad af bevægelsen.
Y él yacía torpe y torcido en el umbral de la puerta.
Og han lå akavet og skævt mellem døråbningen.
Uno de sus flancos quedó en carne viva rozando la madera.
En af hans flanker var gnidet rå mod træet.
Y había dejado feas manchas en la puerta pintada de blanco.
Og han havde efterladt grimme pletter på den hvidmalede dør.
Las piernas de uno de sus costados colgaban temblando en el aire.
Benene på den ene side af ham hang rystende i luften.
Sus otras piernas estaban presionadas dolorosamente contra el suelo.
Hans andre ben var presset smertefuldt ned i gulvet.
Pronto se quedaría atrapado completamente entre las puertas.
Snart ville han være helt fanget mellem døren.
Y entonces no habría podido moverse en absoluto.
Og så ville han slet ikke have været i stand til at bevæge sig.
Pero el padre le dio un fuerte empujón realmente liberador.
Men faderen gav ham et virkelig befriende, kraftigt skub.
Y cayó, sangrando profusamente, hasta el fondo de su habitación.
Og han faldt, kraftigt blødende, dybt ind på sit værelse.
El padre cerró la puerta tras de sí con su bastón.

Faderen smækkede døren i bag sig med sin stok.
Y finalmente hubo algo de paz y tranquilidad nuevamente.
Og så var der endelig lidt fred og ro igen.

Segunda parte
Del to

Gregor no se despertó hasta mucho más tarde ese mismo día.

Gregor vågnede først meget senere på dagen.

Había anochecido; había dormido profundamente e inconscientemente.

Skumringen var faldet på; han havde sovet tungt og bevidstløs.

Se habría despertado incluso sin que nadie lo hubiera molestado.

Han ville være vågnet op uden at blive forstyrret.

Porque se sentía suficientemente descansado y bien dormido.

Fordi han følte sig tilstrækkeligt udhvilet og sovet godt.

Pero le pareció oír unos pasos fugaces afuera.

Men han troede, han hørte nogle flygtige skridt udenfor.

Y alguien podría haber cerrado cuidadosamente la puerta principal.

Og nogen har måske forsigtigt lukket hoveddøren.

La luz del tranvía eléctrico se reflejaba pálidamente en el techo.

Lyset fra den elektriske sporvogn lå blegt på loftet.

La parte superior del mueble también recibió un poco de luz.

Toppen af møblerne fik også lidt lys.

Pero allá abajo, a la altura de Gregor, estaba oscuro.

Men nede på jorden, på Gregors niveau, var der mørkt.

Sus piernas lo empujaron lentamente hacia la puerta nuevamente.

Hans ben skubbede ham langsomt mod døren igen.

Tenía mucha curiosidad por ver qué había sucedido allí.

Han var meget nysgerrig efter at se, hvad der var sket der.

Pero su control de sus sensores aún no estaba desarrollado.

Men hans kontrol over sine følehorn var endnu ikke udviklet.

Aunque empezó a apreciar estos nuevos sensores.

Selvom han begyndte at sætte pris på disse nye sensorer.

Una cicatriz larga y desagradable parecía recorrer su costado izquierdo.
Et langt ubehageligt ar syntes at løbe ned ad hans venstre side.
La cicatriz parecía como si apretara ese lado de su cuerpo.
Arret føltes som om det strammede den side af hans krop.
Y entonces tuvo que cojear literalmente sobre sus dos filas de piernas.
Og derfor måtte han bogstaveligt talt halte på sine to rækker ben.
Esa mañana una de sus piernas resultó gravemente herida.
Det ene ben var blevet alvorligt skadet den morgen.
Realmente fue un milagro que no se hubiera roto más piernas.
Det var virkelig et mirakel, at han ikke havde brækket flere ben.
Y así arrastró sin vida su pierna herida.
Og således slæbte han sit skadede ben livløst efter sig.
Cuando llegó a la puerta se dio cuenta de algo profundo.
Da han nåede døren, indså han noget dybsindigt.
Fue el olor de algo lo que lo atrajo hasta allí.
Det var lugten af noget, der havde lokket ham derhen.
A Gregor le habían dejado algo comestible en su habitación.
Noget spiseligt var blevet efterladt til Gregor på hans værelse.
Trozos de pan blanco flotando en un cuenco de leche dulce.
Stykker af hvidt brød flyder i en skål med sød mælk.
Apenas podía contener la alegría que había dentro de él.
Han kunne næsten ikke indeholde den glæde, der var indeni ham.
Ahora tenía incluso más hambre que por la mañana.
Han var endnu mere sulten nu end han var i morges.
Inmediatamente sumergió su cabeza en el cuenco de leche.
Han dyppede straks hovedet i skålen med mælk.
La leche le salía casi por toda la cabeza, hasta los ojos.
Mælken trængte ud over næsten hele hans hoved, op til øjnene.
Pero pronto echó la cabeza hacia atrás, amargamente decepcionado.

Men han trak snart hovedet tilbage, bitterligt skuffet.
Comer era difícil debido a su delicado lado izquierdo.
Det var svært at spise på grund af hans sarte venstre side.
Y sólo podía comer jadeando con todo su cuerpo.
Og han kunne kun spise ved at gispe med hele kroppen.
Pero esa no fue la verdadera razón de su decepción.
Men det var ikke den egentlige årsag til hans skuffelse.
La leche siempre había sido uno de sus platos favoritos.
Mælk havde altid været en af hans yndlingsretter.
No tenía ninguna duda de que su hermana recordaba esto.
Han var ikke i tvivl om, at hans søster havde husket dette.
Y esa fue la razón por la que le había dado leche.
Og det var grunden til, at hun havde givet ham mælk.
No podía explicar por qué ahora no le gustaba la leche.
Han kunne ikke forklare, hvorfor han nu ikke kunne lide mælk.
Y se apartó del cuenco casi con reticencia.
Og han vendte sig næsten modvilligt væk fra skålen.
Decepcionado, se arrastró de nuevo hasta el centro de la habitación.
Skuffet kravlede han tilbage til midten af rummet.
Desde allí pudo ver a través de la rendija de la puerta.
Her kunne han se gennem sprækken i døren.
Pudo ver que el fuego en la sala de estar estaba encendido.
Han kunne se, at ilden i stuen var tændt.
Generalmente a esta hora el padre leía el periódico.
Normalt læste faderen avisen på dette tidspunkt.
Él siempre solía leerle a la madre en voz alta.
Han plejede altid at læse for moderen med hævet stemme.
A veces la hermana también escuchaba al padre.
Nogle gange lyttede søsteren også med på faderen.
Ella siempre le había contado a Gregor sobre esta lectura en voz alta.
Hun havde altid fortalt Gregor om denne højtlæsning.
Pero hoy no se oía ningún sonido en la habitación.
Men i dag kom der ingen lyd fra rummet.
Quizás este hábito ya había caído en desuso.

Måske var denne vane allerede gået ud af praksis.

Un profundo silencio se había apoderado de todo el apartamento.

En dyb stilhed havde sænket sig over hele lejligheden.

Aunque sabía que el apartamento ciertamente no estaba vacío.

Selvom han vidste, at lejligheden bestemt ikke var tom.

«¡Qué vida tan tranquila lleva la familia!», pensó Gregor.

"Sikke et stille liv familien lever," tænkte Gregor.

Y miró hacia la oscuridad con gran orgullo.

Og han stirrede ud i mørket med stor stolthed.

Estaba orgulloso de la vida que había podido darles.

Han var stolt af det liv, han havde kunnet give dem.

Estaba orgulloso del hermoso apartamento en el que vivían.

Han var stolt af den smukke lejlighed, de boede i.

¿Pero toda esta paz estaba a punto de tener un final terrible?

Men ville al denne fred få en frygtelig ende?

¿Les iban a quitar su prosperidad?

Ville deres velstand blive taget fra dem?

¿Su satisfacción ahora era incierta en el futuro?

Var deres tilfredshed nu usikker i fremtiden?

Pero él no quería perderse en tales pensamientos.

Men han ville ikke fortabe sig i sådanne tanker.

Para mantenerse ocupado se arrastraba arriba y abajo por las paredes.

For at holde sig beskæftiget kravlede han op og ned ad væggene.

Durante la larga velada una puerta estaba entreabierta.

I løbet af den lange aften blev en dør åbnet en smule.

Y en otro momento la otra puerta se abrió un poquito.

Og på et andet tidspunkt åbnede den anden dør sig lidt.

Pero en ambas ocasiones las puertas se cerraron rápidamente de nuevo.

Men begge gange blev dørene hurtigt lukket igen.

Estaba claro que alguien de fuera tenía el deseo de entrar.

Det var tydeligt, at nogen udenfor havde lyst til at komme ind.

**Pero también tenían demasiadas preocupaciones acerca de
venir.**
Men de havde også for mange bekymringer omkring at
komme ind.
**Gregor ahora se detuvo directamente en la puerta de la sala
de estar.**
Gregor stoppede nu direkte ved stuedøren.
Estaba decidido a tentar de algún modo al indeciso visitante.
Han var fast besluttet på på en eller anden måde at friste den
tøvende gæst.
Y también quería saber quién había sido el visitante.
Og han ville også vide, hvem den besøgende havde været.
Pero aquella noche la puerta no se abrió una tercera vez.
Men den aften blev døren ikke åbnet en tredje gang.
Y Gregorio esperaba en vano junto a la puerta.
Og Gregor tilbragte sin tid med at vente ved døren forgæves.
Más temprano ese día todos querían entrar a la habitación.
Tidligere på dagen ville de alle gerne ind i rummet.
**Ahora que las puertas estaban desbloqueadas sería más fácil
para ellos.**
Nu hvor dørene var ulåste, ville det være lettere for dem.
Pero ellos prefirieron quedarse al otro lado de la habitación.
Men de valgte at blive i den anden ende af rummet.
**Gregor se dio cuenta de que las llaves ya no estaban en sus
cerraduras.**
Gregor bemærkede, at nøglerne ikke længere sad i låsen.
Alguien debe haber movido las llaves a la cerradura exterior.
Nogen må have flyttet nøglerne til den udvendige lås.
Sólo tarde por la noche se apagó la luz de la sala de estar.
Først sent om aftenen blev lyset i stuen slukket.
La familia debe haber permanecido despierta todo el tiempo.
Familien må have været vågen hele tiden.
Y Gregor podía oírlos claramente alejándose de puntillas.
Og Gregor kunne tydeligt høre dem liste væk.
Ahora nadie vendría a ver a Gregor hasta la mañana.
Nu skulle ingen komme til Gregor før om morgenen.

Así que tuvo mucho tiempo para sí mismo, para pensar sin interrupciones.
Så han havde lang tid for sig selv til at tænke uforstyrret.
¿Cuál sería la mejor manera de reorganizar su vida ahora?
Hvad ville være den bedste måde at omorganisere hans liv på nu?
Pero las altas paredes de la habitación vacía lo asustaban.
Men de høje vægge i det tomme rum skræmte ham.
No le quedó más remedio que tumbarse en el suelo.
Han havde intet andet valg end at lægge sig fladt på jorden.
Y nunca encontró la causa de su miedo en ese espacio.
Og han fandt aldrig årsagen til sin frygt i det rum.
Era la misma habitación en la que había vivido durante cinco años.
Det var det samme værelse, han havde boet i i fem år.
Medio inconscientemente hizo un movimiento hacia el sofá.
Halvbevidst bevægede han sig hen imod sofaen.
Y sin ninguna vergüenza se escondió debajo del sofá.
Og uden skam gemte han sig under sofaen.
Allí abajo se sintió inmediatamente de nuevo muy a gusto.
Dernede følte han sig straks meget godt tilpas igen.
A pesar de que tenía la espalda un poco presionada.
Selvom hans ryg var lidt presset.
Ya no podía levantar la cabeza debajo del sofá.
Han kunne heller ikke længere løfte hovedet under sofaen.
Pero incluso esto lo prefería a estar en cualquier espacio abierto.
Men selv dette foretrak han at være i et hvilket som helst åbent område.
Sin embargo, lamentó que su cuerpo fuera tan ancho.
Han fortrød dog, at hans krop var så bred.
El sofá no podía cubrir completamente todo su cuerpo.
Sofaen kunne ikke dække hele hans krop fuldstændigt.
Se quedó debajo del sofá toda la noche.
Han blev under sofaen hele natten.
La noche la pasó medio dormido, perturbado por el hambre.
Natten tilbragte han halvt i søvn, forstyrret af sin sult.

Y el tiempo que estaba despierto lo pasaba preocupado o esperanzado.

Og den tid, han var vågen, tilbragte han enten med bekymring eller håb.

Pero todas sus vagas esperanzas llevaron a la misma conclusión.

Men alle hans vage forhåbninger førte til den samme konklusion.

No tuvo más remedio que permanecer en silencio por el momento.

Han havde intet andet valg end at forholde sig stille for øjeblikket.

Tuvo que mostrar paciencia y consideración hacia la familia.

Han måtte vise tålmodighed og hensyn til familien.

Era la única manera de hacer soportable el inconveniente.

Det var den eneste måde at gøre ulejligheden tålelig på.

Los inconvenientes que ahora estaba causando a la familia.

Den ulejlighed, han nu påtvang familien.

No tuvo que esperar mucho para demostrar su compasión.

Han behøvede ikke at vente længe på at bevise sin medfølelse.

Temprano por la mañana la hermana miró dentro de su habitación.

Tidligt om morgenen kiggede søsteren ind på hans værelse.

Aunque en realidad era tan de noche como de mañana.

Selvom det egentlig var lige så meget nat som det var morgen.

Ella estaba completamente vestida y parecía mostrar entusiasmo.

Hun var fuldt påklædt og virkede til at vise begejstring.

La fuerza de su nueva decisión podría ser puesta a prueba.

Styrken af hans nyligt trufne beslutning kunne blive sat på prøve.

Ella no lo encontró inmediatamente con su primera mirada.

Hun fandt ham ikke med det samme ved første øjekast.

Tenía que estar en algún lugar, no podía haber volado.

Han måtte være et sted; han kunne ikke være fløjet væk.

Pero entonces sus ojos hicieron un segundo recorrido por la habitación.

Men så gled hendes øjne et andet øjeblik hen over rummet.

Y esta vez vio su torso debajo del sofá.

Og denne gang fik hun øje på hans torso under sofaen.

Estaba tan asustada que perdió todo el control de sí misma.

Hun var så bange, at hun mistede al selvkontrol.

Y su primera reacción fue cerrar la puerta de golpe.

Og hendes første reaktion var at smække døren i igen.

Pero también pareció arrepentirse inmediatamente de su comportamiento.

Men hun syntes også at fortryde sin opførsel med det samme.

Tan pronto como cerró la puerta de golpe, la abrió de nuevo.

Så snart hun smækkede døren i, åbnede hun den igen.

Y esta vez entró de puntillas en la habitación con cuidado.

Og denne gang listede hun forsigtigt ind i rummet.

Se movía como si estuviera visitando a una persona gravemente enferma.

Hun bevægede sig, som om hun besøgte en alvorligt syg person.

O tal vez estaba visitando a un completo desconocido.

Eller måske besøgte hun en fuldstændig fremmed.

Gregor empujó su cabeza casi hasta el borde del sofá.

Gregor skubbede hovedet næsten helt ud til kanten af sofaen.

Y desde debajo de la caja fuerte la observaba en la habitación.

Og fra under pengeskabet iagttog han hende i rummet.

¿Se daría cuenta de que había dejado la leche?

Ville hun bemærke, at han havde glemt mælken?

No había dejado la leche por falta de hambre.

Han havde ikke forladt mælken på grund af manglende sult.

¿En lugar de eso le traería comida diferente?

Skulle hun i stedet bringe ham noget andet mad?

Quizás un plato que se ajustara mejor a sus preferencias.

Måske en ret, der passede bedre til hans præferencer.

Pero ella misma habría tenido que notar su apetito.

Men hun ville selv have været nødt til at bemærke hans appetit.

Preferiría morir de hambre antes que hacerle saber eso.

Han ville hellere have sultet end at gøre hende opmærksom på det.
En realidad le habría gustado mucho decírselo.
Faktisk ville han meget gerne have fortalt hende det.
Estuvo realmente tentado de disparar desde debajo del sofá.
Han var virkelig fristet til at skyde ud under sofaen.
Quería arrojarse a los pies de su hermana.
Han ville kaste sig ned for sin søsters fødder.
Y quiso pedirle algo bueno para comer.
Og han ville bede hende om noget godt at spise.
Pero entonces la hermana miró hacia el cuenco de leche.
Men så kiggede søsteren hen mod skålen med mælk.
Inmediatamente se dio cuenta de que el cuenco todavía estaba lleno.
Hun bemærkede straks, at skålen stadig var fuld.
Le sorprendió bastante que Gregor no hubiera comido nada.
Hun var temmelig overrasket over, at Gregor ikke havde spist noget.
Sólo se había derramado un poco de leche en el suelo.
Kun lidt mælk var blevet spildt på gulvet.
Inmediatamente cogió el cuenco y lo sacó.
Hun tog straks skålen op og bar den ud.
Él vio que ella no recogió el cuenco con sus propias manos.
Han så, at hun ikke løftede skålen med de bare hænder.
En lugar de eso, recogió el cuenco con uno de los trapos.
I stedet samlede hun skålen op med en af kludene.
Pero Gregor se olvidó muy rápidamente de este pequeño detalle.
Men Gregor glemte meget hurtigt denne lille detalje.
Ahora estaba mucho más entusiasmado por otra cosa.
Han var nu meget mere begejstret for noget andet.
¿Qué podría traer como reemplazo de la leche?
Hvad kunne hun medbringe som erstatning for mælken?
Tenía varios pensamientos sobre lo que ella podría traer.
Han havde forskellige tanker om, hvad hun kunne medbringe.
Pero la bondad de su hermana superó sus expectativas.
Men hans søsters venlighed overgik hans forventninger.

Se dio cuenta de que tenía que probar cuáles eran sus nuevos gustos.

Hun indså, at hun var nødt til at teste hans nye smag.

Así que trajo toda una selección de alimentos diferentes.

Så hun medbragte et helt udvalg af forskellig mad.

Verduras medio podridas, huesos de la cena.

Halvrådne grøntsager, ben fra aftensmaden.

Salsa solidificada de la otra comida que habían comido.

Stivnet sauce fra det andet måltid, de havde spist.

Unas pasas, unas almendras, pan seco, pan con mantequilla.

Et par rosiner, nogle mandler, tørt brød, smørbrød.

Un poco de pan untado con mantequilla y también con sal.

Noget brød, der var blevet smurt og også saltet.

Queso que Gregor había declarado incomestible hacía dos días.

Ost som Gregor havde erklæret uspiselig for to dage siden.

Toda esta selección de comida fue colocada en un periódico.

Alt dette udvalg af mad blev placeret på en avis.

Y también colocó un recipiente con agua al lado de sus comidas.

Og hun satte også en skål med vand ved siden af hans måltider.

Ella sabía que Gregor no habría comido delante de ella.

Hun vidste, at Gregor ikke ville have spist foran hende.

Entonces, por respeto hacia él, salió nuevamente de la habitación.

Så af respekt for ham forlod hun rummet igen.

Y hasta giró la llave en la cerradura al salir.

Og hun drejede endda nøglen i låsen, da hun gik.

Pero ella giró la llave muy silenciosamente y con mucho cuidado.

Men hun drejede nøglen meget stille og forsigtigt.

De esta manera sólo Gregor sabría que la puerta estaba cerrada.

På den måde ville kun Gregor vide, at døren var låst.

Ahora podía ponerse tan cómodo como quisiera.

Nu kunne han gøre det så behageligt for sig selv, som han ville.

Las piernas de Gregor zumbaban cuando llegó la hora de comer.

Gregors ben snurrede, da det var tid til at spise.

Lo que vale la pena destacar es que ya no sentía ninguna molestia.

Det er værd at bemærke, at han ikke længere følte ubehag.

Sus heridas deben haber sanado ya por completo.

Hans sår må allerede være fuldstændig helet.

Porque ya no sentía sus discapacidades anteriores.

Fordi han ikke længere mærkede sine tidligere handicap.

Su nueva capacidad de curar lo sorprendió y lo asombró.

Hans nye evne til at helbrede overraskede og forbløffede ham.

Hace más de un mes se cortó el dedo con un cuchillo.

For mere end en måned siden skar han sig i fingeren med en kniv.

Hasta hace dos días esa herida todavía le dolía.

Indtil for to dage siden gjorde såret stadig ondt i ham.

"¿Soy mucho menos sensible ahora?" pensó para sí mismo.

"Er jeg meget mindre følsom nu?" tænkte han for sig selv.

Para entonces ya estaba chupando con avidez el queso.

Nu suttede han allerede grådigt på osten.

Se sintió atraído por el queso más que por el resto de la comida.

Han var mere tiltrukket af osten end af den anden mad.

Comió rápidamente un trozo de queso tras otro.

Han spiste hurtigt det ene stykke ost efter det andet.

Sus ojos se llenaron de lágrimas de satisfacción al probarlo.

Hans øjne løbe i vand af tilfredshed over smagen.

Después del queso comió las verduras y la salsa.

Efter osten spiste han grøntsagerne og saucen.

Sin embargo, la comida fresca no le sabía bien.

Den friske mad smagte ham dog ikke godt.

De hecho, ni siquiera podía soportar el olor de la comida fresca.

Faktisk kunne han ikke engang udstå duften af frisk mad.

Incluso arrastró el resto de la comida lejos de la comida fresca.

Han slæbte endda den anden mad væk fra den friske mad.

Y muy rápidamente terminó la comida más comestible.

Og meget hurtigt spiste han den mest spiselige mad.

Toda aquella deliciosa comida tuvo sobre él un efecto soporífero.

Al den lækre mad havde en søvndyssende virkning på ham.

Y él permaneció acostado perezosamente en el lugar donde había comido.

Og han lå dovent på det sted, hvor han havde spist.

Finalmente su hermana regresó para ver cómo estaba nuevamente.

Til sidst kom hans søster tilbage for at se til ham igen.

Tuvo la previsión de girar la llave muy lentamente.

Hun havde fremsynet til at dreje nøglen meget langsomt.

Esto le dio a Gregor una advertencia de que debía retirarse.

Dette gav Gregor en advarsel om, at han skulle trække sig tilbage.

Aturdido y sobresaltado, se apresuró a volver debajo del sofá.

Forvirret og forskrækket skyndte han sig tilbage under sofaen.

Pero quedarse debajo del sofá no fue tan fácil esta vez.

Men det var ikke så nemt at blive under sofaen denne gang.

Su cuerpo se había vuelto un poco redondeado por tanta comida.

Hans krop var blevet lidt rund af al maden.

Y tuvo que controlarse para no quedarse sin nada otra vez.

Og han måtte beherske sig for ikke at løbe tør igen.

Aunque la hermana no permaneció mucho tiempo en la habitación.

Selvom søsteren ikke blev længe på værelset.

Le costaba respirar en ese estrecho espacio.

Han kæmpede med at trække vejret under det smalle rum.

Pero él siguió adelante a pesar de los pequeños ataques de asfixia.

Men han klarede sig igennem de små kvælningsanfald.

Con ojos desorbitados observaba las actividades de la hermana.

Med udstående øjne iagttog han søsterens aktiviteter.

La hermana desprevenida vertió todo en un balde.

Den intetanende søster hældte alt i en spand.

Ella no sólo se deshizo de la comida que Gregor no había comido.

Hun kasserede ikke blot den mad, Gregor ikke havde spist.

Pero también se deshizo de la comida que él no había tocado.

Men hun kasserede også den mad, han ikke havde rørt ved.

Al parecer esa comida ya no era comestible para nadie.

Tilsyneladende var den mad nu ikke længere spiselig for nogen.

Luego cerró el cubo de comida con una tapa de madera.

Derefter lukkede hun madspanden med et trælåg.

Y con la comida, el balde y el trapeador, se fue.

Og med maden, spanden og moppen gik hun.

Gregor no habría podido esperar mucho más tiempo.

Gregor ville ikke have kunnet vente meget længere.

Tan pronto como ella se fue, él se escapó de debajo del sofá.

Så snart hun var væk, flygtede han væk under sofaen.

Y se estiró y resopló aliviado.

Og han strakte sig ud og pustede lettet op.

Así recibía Gregorio comida de vez en cuando.

Sådan fik Gregor mad fra nu af.

Su hermana le dio de comer una vez temprano en la mañana.

Hans søster gav ham mad én gang tidligt om morgenen.

A esta hora los padres y la criada todavía dormían.

På dette tidspunkt sov forældrene og tjenestepigen stadig.

Y recibió una segunda comida después de que todos almorzaron.

Og han fik et andet måltid, efter at alle havde spist frokost.

Porque en ese momento los padres también durmieron un rato.

Fordi på det tidspunkt sov forældrene også lidt.

Y la doncella fue enviada por su hermana a hacer algún recado.

Og tjenestepigen blev sendt væk af søsteren i et eller andet ærinde.

Ciertamente no tenían intención de dejar morir de hambre a Gregor.

De havde bestemt ikke til hensigt at sulte Gregor.

Pero tampoco hubieran querido verlo comer.

Men de ville heller ikke have lyst til at se ham spise.

Lo que mencionó la hermana fue suficiente información.

Det, søsteren nævnte, var tilstrækkelig information.

Quizás era su manera de ahorrarles dolor a los padres.

Måske var det hendes måde at skåne forældrene for sorgen.

Ya habían sufrido bastante por sus acciones.

De havde allerede lidt nok under hans handlinger.

El primer día se iba convirtiendo poco a poco en un recuerdo lejano.

Den første dag var langsomt ved at blive et fjernt minde.

Gregor no tenía forma de saber lo que pasó ese día.

Gregor havde ingen måde at vide, hvad der skete den dag.

¿Cómo fue guiado el cerrajero fuera del apartamento?

Hvordan blev låsesmeden guidet ud af lejligheden?

¿Con qué excusas quedó finalmente satisfecho el médico?

Med hvilke undskyldninger var lægen endelig tilfreds?

No había encontrado ningún modo de hacerse entender.

Han havde ingen måde at gøre sig forståelig på.

Ni siquiera logró comunicarse con su hermana.

Han formåede ikke engang at kommunikere med sin søster.

Y entonces pensaron que no podía entenderlos.

Og derfor troede de, at han ikke kunne forstå dem.

Y por eso no se hizo ningún esfuerzo para hablar con él.

Og derfor blev der ikke gjort nogen forsøg på at tale med ham.

Su hermana entraba en su habitación todas las mañanas y a la hora del almuerzo.

Hans søster kom ind på hans værelse hver morgen og til frokost.

Pero él tuvo que contentarse con escuchar sus suspiros.
Men han måtte nøjes med at høre hendes suk.
Más tarde se acostumbró un poco más a la forma de Gregor.
Senere vænnede hun sig dog lidt mere til Gregors form.
Y se sintió un poco más libre para hacer más comentarios.
Og hun følte lidt mere frihed til at komme med flere
bemærkninger.
(Aunque nunca se acostumbraría del todo a él.)
(Selvom hun aldrig ville vænne sig helt til ham.)
**Y entonces Gregor se sintió nuevamente hablado un poco
más.**
Og så følte Gregor sig lidt mere tiltalt igen.
Y captó lo que percibió como comentarios amistosos.
Og han opfattede, hvad han opfattede som venlige
kommentarer.
"Disfrutó su comida hoy" o "comió todo".
"Han nød sin mad i dag," eller "han spiste alt."
Pero eso fue sólo cuando hubo comido toda su comida.
Men det var først, da han havde spist al sin mad.
**Pero últimamente esto se está volviendo cada vez menos
frecuente.**
Men på det seneste er dette blevet mere og mere sjældent.
**"Apenas tocaba la comida", decía ella con más frecuencia
ahora.**
"Han rørte næsten ikke sin mad," sagde hun oftere nu.
Y había un toque de tristeza en su voz cada vez.
Og der var et strejf af tristhed i hendes stemme hver gang.
**Gregor no pudo escuchar ninguna otra noticia más
directamente.**
Gregor kunne ikke høre andre nyheder mere direkte.
Pero escuchó muchas noticias de las habitaciones contiguas.
Men han overhørte en masse nyheder fra de tilstødende
værelser.
Al oír voces corrió hacia la puerta correspondiente.
Da han hørte stemmer, løb han hen til den tilsvarende dør.
Y apretó todo su cuerpo contra la puerta para escuchar.
Og han pressede hele sin krop mod døren for at høre.

Todas las conversaciones le concernían de una manera u otra.

Alle samtaler vedrørte ham på en eller anden måde.

Incluso cuando el tema parecía ser sobre otra cosa.

Selv når emnet tilsyneladende handlede om noget andet.

Esta observación fue especialmente cierta en los primeros tiempos.

Denne observation var især sand i de tidlige dage.

Durante cada comida repetían la misma discusión.

Under hvert måltid gentog de den samme diskussion.

Todavía no estaban seguros de cómo comportarse a su alrededor.

De var stadig usikre på, hvordan de skulle opføre sig omkring ham.

Pero el mismo tema también se discutió entre comidas.

Men det samme emne blev også diskuteret mellem måltiderne.

Porque siempre había dos miembros de la familia en casa.

Fordi der altid var to familiemedlemmer hjemme.

Nadie quería quedarse solo en la casa.

Ingen havde lyst til at blive alene i huset.

Pero dejar el piso vacío tampoco era una opción.

Men at lade lejligheden stå tom var heller ikke muligt.

La criada era la única que no estaba atada al apartamento.

Stuepigen var den eneste, der ikke var bundet til lejligheden.

Ella ya había pedido irse el primer día.

Hun havde allerede bedt om at gå på den allerførste dag.

Ella se puso de rodillas y pidió que la despidieran.

Hun faldt på knæ og bad om at blive afskediget.

La familia no sabía cuánto sabía realmente la criada.

Familien vidste ikke, hvor meget stuepigen egentlig vidste.

En ese momento ella no había visto más que nadie.

På det tidspunkt havde hun ikke set mere end nogen anden.

Lo sucedido todavía era un misterio para la familia.

Hvad der var sket, var stadig et mysterium for familien.

Pero un cuarto de hora después se despidió.

Men et kvarter senere sagde hun farvel.

Y agradeció a la familia con lágrimas en los ojos.

Og hun takkede familien med tårer i øjnene.

Pero en realidad les agradeció por haberla liberado.

Men egentlig takkede hun dem for at have løsladt hende.

Parecían haberle mostrado la mayor bondad.

De syntes at have vist hende den største venlighed.

Incluso hizo un juramento sin que se lo pidieran.

Hun aflagde endda en ed, uden at blive bedt om det.

Dijo que no le contaría a nadie lo que había sucedido.

Hun sagde, at hun ikke ville fortælle nogen, hvad der var sket.

Ahora la hermana tenía que cocinar junto con su madre.

Nu skulle søsteren lave mad sammen med sin mor.

Pero esto realmente no era un gran inconveniente.

Men dette var egentlig ikke til megen ulejlighed.

Porque de todas formas los dos no comían casi nada.

Fordi de to næsten ikke spiste noget alligevel.

Gregor escuchó una y otra vez la misma conversación.

Igen og igen overhørte Gregor den samme samtale.

Una persona le decía a otra que tenía que comer más.

Den ene person sagde til den anden, at de skulle spise mere.

Pero esa persona no recibió ninguna respuesta de la persona.

Men vedkommende fik intet svar fra personen.

"Gracias, tengo suficiente", o algo similar.

"Tak, jeg har nok", eller noget lignende.

Quizás ya no bebían nada tampoco.

Måske drak de heller ikke noget mere.

La hermana a menudo le preguntaba a su padre si quería cerveza.

Søsteren spurgte ofte sin far, om han ville have øl.

Y ella misma se ofreció calurosamente a ir a buscar la cerveza.

Og hun tilbød varmt at hente øllet selv.

El padre siempre permanecía en silencio ante su petición.

Faderen forblev altid tavs på hendes anmodning.

Así que la hermana tuvo que encontrar una manera de eliminar cualquier duda.

Så søsteren måtte finde en måde at fjerne enhver tvivl på.

Y ella dijo que enviaría a la criada a buscar algo de cerveza.
Og hun sagde, at hun ville sende stuepigen ud for at hente noget øl.
Pero entonces el padre finalmente dijo un gran y rotundo "no".
Men så sagde faderen endelig et stort rungende "nej".
Luego ya no se volvió a mencionar el tema de tomar una cerveza.
Så blev emnet om, at han drak en øl, ikke længere nævnt.
Ya había explicado anteriormente la situación financiera.
Han havde allerede forklaret den økonomiske situation før.
De hecho, mencionó las finanzas el primer día.
Faktisk nævnte han økonomien den allerførste dag.
Les hizo saber perfectamente cuáles eran las perspectivas.
Han gjorde dem godt klar over, hvad udsigterne var.
Su propio negocio se había derrumbado hacía unos cinco años.
Hans egen virksomhed gik konkurs for omkring fem år siden.
De vez en cuando se levantaba para abandonar la mesa.
I ny og næ rejste han sig for at forlade bordet.
Y se dirigió a la caja registradora de su antiguo negocio.
Og han gik til kassen i sin gamle forretning.
Había salvado la caja registradora por sentimentalismo.
Han havde gemt kasseapparatet af sentimentalitet.
Gregor lo oyó abrir una cerradura pesada y complicada.
Gregor hørte ham låse en tung og kompliceret lås op.
Y sacó recibos y libros de la caja.
Og han tog kvitteringer og bøger frem fra kassen.
Después de tomar los objetos volvió a cerrar la caja fuerte.
Efter at have taget genstandene låste han pengekassen igen.
Gregor no había tenido buenas noticias desde su encarcelamiento.
Gregor havde ikke hørt nogen gode nyheder siden sin fængsling.
Pensó que el negocio había llevado a la quiebra a su padre.
Han troede, at forretningen havde ruineret hans far.
El padre seguramente le había dado esa impresión a Gregor.

Faderen havde bestemt givet Gregor det indtryk.

Y Gregor nunca le preguntó más sobre las finanzas.

Og Gregor spurgte ham aldrig mere om finanserne.

Gregor quería hacer todo lo posible para ayudar a la familia.

Gregor ville gøre alt, hvad han kunne, for at hjælpe familien.

Quería ayudarlos a olvidar la desgracia empresarial.

Han ville hjælpe dem med at glemme den uheldige forretningssituation.

La quiebra que provocó la desesperanza más completa.

Konkursen, der medførte fuldstændig håbløshed.

Así que empezó a trabajar con una pasión muy especial.

så begyndte han at arbejde med en helt særlig passion.

Se había convertido en un vendedor ambulante casi de la noche a la mañana.

Han var blevet en rejsende sælger næsten natten over.

Antes de eso, sólo había trabajado como empleado con un salario bajo.

Før det havde han bare arbejdet som en lavtlønnet kontorist.

Ahora tenía oportunidades de ingresos completamente diferentes.

Nu havde han helt andre indtjeningsmuligheder.

Las ventas exitosas podrían convertirse inmediatamente en efectivo.

Succesfuldt salg kunne øjeblikkeligt omsættes til kontanter.

El dinero en efectivo, por supuesto, se paga con sus comisiones.

Pengene bliver selvfølgelig udbetalt fra hans provisioner.

Ahora Gregor podía poner dinero en la mesa familiar.

Nu kunne Gregor lægge penge på familiebordet.

Y estaban asombrados y contentos con sus ganancias.

Og de var forbløffede og glade over hans fortjeneste.

Pero esos tiempos hermosos no se repetirán nuevamente.

Men de smukke tider gentager sig ikke.

Apenas se habían acostumbrado a esos buenos tiempos.

De havde kun lige vænnet sig til disse gode tider.

Cada día de pago la familia aceptaba el dinero con gratitud.

Hver lønningsdag tog familien taknemmeligt imod pengene.

Y Gregor estaba igualmente feliz de entregar el dinero.

Og Gregor var lige så glad for at overrække pengene.

Pero el cálido afecto que recibía a cambio fue muriendo lentamente.

Men den varme kærlighed, der blev givet til gengæld, døde langsomt.

Sólo su hermana permaneció tan cerca de Gregor como antes.

Kun hans søster forblev lige så tæt på Gregor som før.

Ella, a diferencia de Gregor, tenía un profundo aprecio por la música.

Hun havde, i modsætning til Gregor, en dyb værdsættelse af musik.

Y ella sabía tocar el violín de una manera muy conmovedora.

Og hun vidste, hvordan man spillede violin meget rørende.

Gregor planeó en secreto enviarla a la escuela de música.

Gregor planlagde i hemmelighed at sende hende på musikskole.

Aún no había decidido cómo pagaría los gastos.

Han havde endnu ikke besluttet, hvordan han ville betale udgifterne.

Pero de una forma u otra cubriría los costos.

Men på en eller anden måde skulle han nok dække udgifterne.

De vez en cuando Gregor y su familia hacían pequeños viajes.

Af og til tog Gregor og familien på korte ture.

Gregor y su hermana abordaron este tema con frecuencia.

Gregor og søsteren bragte ofte emnet op.

Pero sólo se mencionó como una idea maravillosa.

Men det blev kun nogensinde nævnt som en fantastisk idé.

Realmente no creían que el sueño pudiera realizarse.

De troede ikke rigtig på, at drømmen kunne blive til virkelighed.

Y a los padres no les gustaban esas ambiciones fantasiosas.

Og forældrene brød sig ikke om sådanne fantasifulde ambitioner.

Incluso cuando el tema se planteó de manera muy inocente.

Selv når emnet blev bragt op meget uskyldigt.

Pero Gregor seguía pensando en la escuela de música.

Men Gregor fortsatte med at tænke på musikskolen.

Y tenía pensado anunciar el regalo en Nochebuena.

Og han planlagde at annoncere gaven juleaften.

Por supuesto, en su estado actual sería imposible.

Selvfølgelig ville det være umuligt i hans nuværende tilstand.

Pero ese tipo de pensamientos pasaban por su cabeza.

Men den slags tanker fór gennem hans hoved.

Y tenía estos pensamientos mientras escuchaba a la familia.

Og han havde sådanne tanker, mens han lyttede til familien.

A veces se cansaba demasiado para seguir escuchándolos.

Til tider blev han for træt til at blive ved med at lytte til dem.

Su cabeza cayó contra la puerta por el cansancio.

Hans hoved faldt mod døren af træthed.

Pero inmediatamente volvió a apoyar la cabeza contra la puerta.

Men han satte straks hovedet mod døren igen.

Porque incluso el ruido más leve se podía oír afuera.

Fordi selv den mindste lyd kunne høres udenfor.

Y cualquier ruido que hacía hacía que la familia se quedara en silencio.

Og enhver lyd, han lavede, ville få familien til at blive tavs.

"¿Qué está haciendo ahora?" preguntó el padre a la familia.

"Hvad laver han nu?" spurgte faderen familien.

Y fue a la puerta para comprobar qué era aquel ruido.

Og han gik hen til døren for at tjekke, hvad lyden var.

Y luego la conversación interrumpida se reanudó gradualmente.

Og så genoptoges den afbrudte samtale gradvist.

Pero lo que dijo el padre sorprendió positivamente a todos.

Men hvad faderen sagde, overraskede positivt alle.

Gregor ahora conoció la verdadera situación de las finanzas.

Gregor fik nu at vide, hvordan det stod til med finanserne.

A pesar de todas las desgracias, hubo algo de buena suerte.

Trods alle uheldene var der også lidt held og lykke.

Aún quedaba allí una muy pequeña fortuna de los viejos tiempos.
En meget lille formue fra gamle dage var der stadig.
El padre explicó las cosas, pero tuvo que repetirlas.
Faderen forklarede tingene, men måtte gentage sig selv.
Porque hacía tiempo que no se ocupaba de estas cosas.
Fordi han ikke havde beskæftiget sig med disse ting i et stykke tid.
Y porque la madre no entendía tales cosas.
Og fordi moderen ikke forstod den slags.
Los tipos de interés del banco habían subido un poco.
Renterne fra banken var steget en smule.
El dinero intacto había aumentado más de lo esperado.
De ubrugte penge var steget mere end forventet.
Además Gregor siempre les había dado sus ahorros.
Derudover havde Gregor altid givet dem sine opsparinger.
Sólo había conservado unos pocos florines para sí.
Han havde altid kun beholdt et par gylden til sig selv.
Y su dinero aún no se había agotado por completo.
Og hans penge var heller ikke helt brugt op.
En conjunto, este dinero se había acumulado hasta formar un pequeño capital.
Tilsammen havde disse penge akkumuleret til en lille kapital.
Gregor, detrás de su puerta, asintió con entusiasmo ante la noticia.
Gregor, bag sin dør, nikkede ivrigt ad nyheden.
Le agradó esta inesperada cautela y frugalidad.
Han var glad for denne uventede forsigtighed og sparsommelighed.
Los fondos sobrantes podrían haberse utilizado para pagar la deuda.
De overskydende midler kunne have været brugt til at betale gælden.
Entonces ya no le deberían nada al patrón.
Så ville de ikke have skyldt chefen noget længere.
Y Gregor podría haber cambiado de trabajo mucho antes.
Og Gregor kunne have skiftet til et nyt job meget tidligere.

Pero ahora la manera como el padre lo dispuso estaba mucho mejor.

Men hvordan faderen arrangerede det, var meget bedre nu.

El dinero no era suficiente para vivir de los intereses.

Pengene var ikke helt nok til at leve af renterne.

Y había que reservar algo de dinero para emergencias.

Og der måtte sættes nogle penge til side til nødsituationer.

Sólo habría sido suficiente dinero para uno o dos años.

Det ville kun have været penge nok til et år eller to.

Esto significaba que alguien tenía que ganar dinero para que pudieran vivir.

Det betød, at nogen skulle tjene penge for at kunne leve.

El padre no estaba enfermo y era bastante fuerte.

Faderen var ikke syg, og han var stærk nok.

Pero llevaba más de cinco años sin trabajo.

Men han havde været arbejdsløs i mere end fem år.

Y, debido a su edad, le quedaba poca confianza en sí mismo.

Og på grund af sin alder havde han meget lidt selvtillid tilbage.

También había engordado mucho en los últimos tiempos.

Han havde også taget meget på i vægt på det seneste.

Su vida siempre había sido ardua y sin éxito.

Hans liv havde altid været besværligt og mislykket.

Y éstas habían sido las primeras vacaciones que había tenido.

Og dette havde været den første ferie, han nogensinde havde haft.

Y sin estar ocupado se había vuelto bastante torpe.

Og uden at blive holdt beskæftiget var han blevet ret klodset.

¿Sería mejor si la anciana madre ganara el dinero?

Ville det være bedre, hvis den gamle mor tjente pengene?

La anciana madre que sufría de asma.

Den gamle mor, der havde lidt af astma.

La anciana madre que luchaba por subir las escaleras.

Den gamle mor, der kæmpede med at gå op ad trappen.

La anciana madre que pasaba el tiempo tumbada en el sofá.

Den gamle mor, der tilbragte sin tid liggende på sofaen.

La anciana madre que prefería quedarse junto a la ventana.
Den gamle mor, der foretrak at blive ved vinduet.
Para poder recuperar el aliento cuando lo necesitara.
Så hun kunne få vejret, når hun havde brug for det.
¿Sería mejor si la hermana joven ganara el dinero?
Ville det være bedre, hvis den yngre søster tjente pengene?
La hermana, que a sus diecisiete años era todavía apenas una niña.
Søsteren, som som syttenårige stadig bare var et barn.
La hermana que sólo tuvo unos pocos placeres modestos.
Søsteren, der kun havde få beskedne fornøjelser.
La hermana a quien le gustaba principalmente tocar el violín.
Søsteren, der primært nød at spille violin.
Ella sabía que su anterior forma de vida era muy envidiable;
Hun vidste, at hendes tidligere levevis var meget misundelsesværdig;
Vestirse bien, levantarse tarde, ayudar en la casa.
Klædte sig pænt på, vågne sent op, hjælpe til i huset.
La conversación a menudo giraba en torno a la necesidad de ganar dinero.
Samtalen kom ofte ind på behovet for at tjene penge.
Gregor siempre era el primero en soltar la puerta.
Gregor var altid den første til at slippe døren.
La conversación lo puso caliente de vergüenza y dolor.
Samtalen gjorde ham ophedet af skam og sorg.
Entonces se dejó caer en el refrescante sofá de cuero.
Så kastede han sig ned i den kølende lædersofa.
Y a menudo pasaba el resto de la noche en el sofá.
Og han tilbragte ofte resten af natten på sofaen.
Nunca durmió realmente en el sofá, ni tampoco por la noche.
Han sov aldrig rigtig på sofaen, og heller ikke om natten.
A menudo, simplemente se quedaba rascando el cuero durante horas y horas.
Ofte kradsede han bare i læderet i timevis.
Otras veces empujaba el sillón hacia la ventana.
Andre gange skubbede han lænestolen hen til vinduet.

Esto solo requirió un gran esfuerzo de su parte.
Alene dette krævede en stor indsats fra hans side.
El sillón le ayudó a subirse al alféizar de la ventana.
Lænestolen hjalp ham med at kravle op på vindueskarmen.
Y desde allí pudo apoyarse en la ventana.
Og derfra kunne han læne sig op ad vinduet.
Solía sentir una gran sensación de libertad al hacer esto.
Han plejede at føle en stor frihed ved at gøre dette.
Quizás estaba buscando algún viejo sentimiento liberador.
Måske ledte han efter en gammel befriende følelse.
Pero su visión no era tan nítida como solía ser.
Men hans syn var ikke så skarpt, som det plejede at være.
Las cosas a cierta distancia se veían borrosas e indistintas.
Ting i en lille afstand var slørede og utydelige.
Ya no podía ver el hospital al otro lado de la calle.
Han kunne ikke længere se hospitalet på den anden side af
vejen.
Antes había maldecido la vista, ahora quería verla.
Før havde han forbandet udsigten, nu ville han se den.
Sabía que vivía en la tranquila y urbana Charlottenstrasse.
Han vidste, at han boede i den stille, urbane Charlottenstrasse.
Pero podría haber pensado que estaba mirando el desierto.
Men han troede måske, at han kiggede ind i ørkenen.
Un páramo donde el cielo gris y la tierra gris se fusionaban.
Et ødemark, hvor grå himmel og grå jord smeltede sammen.
**La atenta hermana notó dos veces que la silla se había
movido.**
To gange bemærkede den opmærksomme søster, at stolen
havde flyttet sig.
Después de ordenar, empujó la silla hacia la ventana.
Efter at have ryddet op, skubbede hun stolen tilbage til
vinduet.
Y a partir de ahora incluso dejó la ventana abierta.
Og fra nu af lod hun endda vinduesrammen stå åben.
**Gregor realmente hubiera deseado poder hablar con su
hermana.**

Gregor ønskede inderligt, at han kunne have talt med sin søster.

Quería agradecerle por todo lo que hizo por él.

Han ville gerne takke hende for alt, hvad hun gjorde for ham.

Entonces habría tolerado más fácilmente sus servicios.

Så ville han have tolereret deres tjenester lettere.

Pero tal como estaban las cosas, él sufrió por su ayuda.

Men som det var nu, led han under hendes hjælp.

La hermana, por supuesto, intentó disimular la vergüenza.

Søsteren forsøgte selvfølgelig at sløre forlegenheden.

Y ella hizo todo lo posible para fingir que no se sentía agobiada.

Og hun gjorde sit bedste for at lade som om, hun ikke følte sig tynget.

Por supuesto, esto es algo que tenía que practicar primero.

Det var selvfølgelig noget, hun skulle øve sig på først.

Y cuanto más tiempo pasaba, mejor lo hacía.

Og jo mere tid der gik, jo bedre blev hun til det.

Pero a Gregor también se le dio más tiempo para ver su pretensión.

Men Gregor fik også mere tid til at se hendes facade.

Incluso su entrada a su habitación fue una prueba para él.

Selv hendes indtræden i hans værelse var en prøvelse for ham.

Tan pronto como entró, corrió directamente a la ventana.

Så snart hun kom ind, løb hun direkte hen til vinduet.

Ni siquiera se tomó el tiempo de cerrar la puerta.

Hun tog sig ikke engang tid til at lukke døren.

Normalmente ella evitaba que todos vieran la habitación de Gregor.

Normalt skånede hun alle for at se Gregors værelse.

Y abrió la ventana de golpe con manos apresuradas.

Og hun rev vinduet op med hastige hænder.

Luego volvió a respirar como si se estuviera asfixiando.

Så trak hun vejret igen, som om hun var ved at blive kvalt.

El aire que entraba era frío y ella respiraba profundamente.

Luften, der kom ind, var kold, og hun trak vejret dybt.

Pero aún así se quedó junto a la ventana por un rato.

Men ikke desto mindre blev hun ved vinduet et stykke tid.

Con esta rutina asustaba a Gregor dos veces al día.

Hun skræmte Gregor to gange om dagen med denne rutine.

Mientras ella estaba en la habitación él temblaba debajo del sofá.

Mens hun var i værelset, rystede han under sofaen.

Él sabía que a ella le habría gustado ahorrarle esa terrible experiencia.

Han vidste, at hun gerne ville have skånet ham for prøvelsen.

Pero ella no podía estar en la habitación con la ventana cerrada.

Men hun kunne ikke være i rummet med vinduet lukket.

Hubo una ocasión en que ella llegó un poco antes.

Der var én gang, hvor hun kom lidt tidligere.

Probablemente alrededor de un mes después de la transformación de Gregor.

Sandsynligvis omkring en måned efter Gregors forvandling.

Ella se había acostumbrado un poco a su nueva apariencia.

Hun havde vænnet sig lidt til hans nye udseende.

Así que ya no tenía por qué estar particularmente sorprendida.

Så hun havde ingen grund til at være særlig chokeret længere.

Ella lo encontró todavía mirando por la ventana, inmóvil.

Hun fandt ham stadig stirrende ud af vinduet, ubevægelig.

Estaba en el lugar más horrible en el que podría haber estado.

Han var på det mest forfærdelige sted, han kunne have været.

No le habría sorprendido si ella no hubiera entrado.

Han ville ikke have været overrasket, hvis hun ikke var kommet ind.

Donde le impidió abrir la ventana.

Hvor han forhindrede hende i at åbne vinduet.

Ella salió rápidamente de la habitación y cerró la puerta.

Hun forlod hurtigt rummet igen og lukkede døren.

Un extraño podría haber llegado a todo tipo de conclusiones.

En fremmed kunne være kommet til alle mulige konklusioner.

Quizás sólo estaba esperando la oportunidad de morderla.

Måske ventede han bare på chancen for at bide hende.

Gregor, por supuesto, se escondió inmediatamente debajo del sofá.

Gregor gemte sig selvfølgelig straks under sofaen.

Pero tuvo que esperar hasta el mediodía para que su hermana regresara.

Men han måtte vente til middag på, at hans søster kom tilbage.

Y ella parecía mucho más inquieta que de costumbre.

Og hun virkede meget mere rastløs end sit sædvanlige jeg.

Se dio cuenta de que verlo todavía era insoportable.

Han indså, at synet af ham stadig var uudholdeligt.

Verlo seguiría siendo insoportable para ella.

Synet af ham ville forblive uudholdeligt for hende.

Probablemente no podría soportar ver ninguna parte de él.

Hun kunne sandsynligvis ikke holde ud at se nogen del af ham.

Siempre sobresalía una pequeña parte de debajo del sofá.

En lille del stak altid ud under sofaen.

Un día llevó una sábana sobre su espalda hasta el sofá.

En dag bar han et lagen på ryggen hen til sofaen.

Quería evitar que ella viera cualquier parte de él.

Han ville skåne hende for at se nogen del af ham.

Él dispuso la sábana de tal manera que todo él quedara oculto.

Han lagde lagnet på, så hele ham var skjult.

Incluso si se agachara no podría verlo.

Selv hvis hun bøjede sig ned, ville hun ikke være i stand til at se ham.

Todo el esfuerzo le llevó a Gregor más de tres horas.

Hele indsatsen tog Gregor mere end tre timer.

Quizás pensó que la sábana era innecesaria.

Hun kunne have troet, at lagnet var unødvendigt.

Ella habría sabido que él no quería la sábana.

Hun ville have vidst, at han ikke ville have lagnet.

Lo hacía para su comodidad, no para la suya propia.

Han gjorde det for hendes bekvemmeligheds skyld, og ikke for sig selv.

Y podría haber quitado la sábana si hubiera querido.

Og hun kunne have fjernet lagnet, hvis hun ville.

Pero dejó la sábana donde Gregor la había puesto.

Men hun lod lagnet ligge, hvor Gregor havde lagt det.

Y Gregor incluso creyó haber captado una mirada de agradecimiento.

Og Gregor troede endda, at han havde fået et taknemmeligt blik.

Había levantado suavemente la sábana con la cabeza.

Han havde forsigtigt løftet lagnet op med hovedet.

Quería ver si a su hermana le gustaba el arreglo.

Han ville se, om hans søster kunne lide arrangementet.

Las dos primeras semanas fueron las más difíciles para los padres.

De første to uger var de hårdeste for forældrene.

No pudieron animarse a entrar y verlo.

De kunne ikke få sig selv til at komme ind og se ham.

Escuchó muchas de sus conversaciones en ese momento.

Han overhørte mange af deres samtaler på dette tidspunkt.

Reconocieron plenamente todo lo que hacía la hermana.

De anerkendte fuldt ud alt, hvad søsteren gjorde.

Aunque solían estar molestos con ella a menudo.

Selvom de ofte plejede at være irriterede på hende.

Porque ella parecía ser una chica un tanto inútil.

Fordi hun havde virket som en noget ubrugelig pige.

Ahora eran ellos quienes esperaban al otro lado de la habitación.

Nu var det dem, der ventede i den anden side af rummet.

Y fue ella quien entró en la habitación a hacer todo.

Og det var hende, der gik ind i rummet for at gøre alt.

Tan pronto como salió quisieron saberlo todo.

Så snart hun kom ud, ville de vide alt.

Tenía que decirles exactamente cómo era la habitación.

Hun var nødt til at fortælle dem præcis, hvordan rummet så
ud.

¿Qué comió Gregor? ¿Cómo se comportó esta vez?

"Hvad spiste Gregor? Hvordan opførte han sig denne gang?"

"¿Quizás se notó una ligera mejoría?"

"Var der måske en lille forbedring at bemærke?"

La madre, por cierto, fue en realidad más valiente.

Moderen var i øvrigt faktisk mere modig.

**Y por supuesto, era su propio hijo el que estaba dentro de la
habitación.**

Og selvfølgelig var det hendes egen søn inde i rummet.

En realidad quería visitar a Gregor relativamente pronto.

Hun ville faktisk gerne besøge Gregor relativt snart.

Pero al principio el padre y la hermana la frenaron.

Men faderen og søsteren holdt hende tilbage i starten.

Le dieron argumentos muy racionales para que no fuera.

De fremførte meget rationelle argumenter for, at hun ikke
skulle tage afsted.

Gregor escuchó con mucha atención sus razonamientos.

Gregor lyttede meget opmærksomt til deres argumentation.

Y él aceptó el razonamiento tanto como su madre.

Og han accepterede argumentet lige så meget som sin mor.

Pero más tarde hubo que retenerla por la fuerza.

Senere måtte hun dog holdes tilbage med magt.

"¡Déjame entrar con Gregor, es mi desdichado hijo!"

"Lad mig komme ind til Gregor, han er min uheldige søn!"

-¿No entiendes que tengo que ir a verlo?

"Forstår du ikke, at jeg skal hen og se ham?"

**Gregor también se dejó convencer por los argumentos de su
madre.**

Gregor blev også overbevist af sin mors argumenter.

Quizás tenía razón: sería bueno que entrara.

Måske havde hun ret; det ville være godt, hvis hun kom ind.

Venir a verlo todos los días sería demasiado.

At komme og se ham hver dag ville være alt for meget.

Pero verlo una vez a la semana podría ser suficiente.

Men det er nok at se ham måske en gang om ugen.

Ella podría entender las cosas mucho mejor que la hermana.
Hun forstår måske tingene meget bedre end søsteren.
A pesar de todo su coraje, ella todavía era sólo una niña.
Trods alt sit mod var hun stadig bare et barn.
Quizás la imprudencia infantil la impulsó a aceptar esa tarea.
Måske var det barnlig hensynsløshed, der fik hende til at påtage sig opgaven.
Pero el deseo de Gregor de ver a su madre pronto se hizo realidad.
Men Gregors ønske om at se sin mor gik snart i opfyldelse.
Durante el día Gregor se mantenía alejado de la ventana.
Om dagen holdt Gregor sig væk fra vinduet.
Lo hizo por consideración a sus padres.
Dette gjorde han af hensyn til sine forældre.
No tenía mucho espacio para arrastrarse por el suelo.
Han havde ikke meget plads at kravle rundt på gulvet.
Le resultaba difícil permanecer quieto durante la noche.
Han havde svært ved at ligge stille om natten.
Comer ya no le producía el más mínimo placer.
At spise gav ham ikke længere den mindste glæde.
Por supuesto que tenía que encontrar alguna manera de distraerse.
Selvfølgelig måtte han finde en måde at distrahere sig selv på.
Para entretenerse se arrastraba por las paredes.
For at underholde sig selv kravlede han op og ned ad væggene.
Y también se arrastró por el techo, boca abajo.
Og han kravlede også langs loftet, på hovedet.
Estaba especialmente feliz cuando colgaba del techo.
Han var især glad, da han hang fra loftet.
Fue completamente diferente a estar tendido en el suelo.
Det var helt anderledes end at ligge på gulvet.
Le resultó mucho más fácil respirar en esta posición.
Han fandt det meget lettere at trække vejret i denne stilling.
Una ligera pero agradable vibración recorrió su cuerpo.
En svag, men behagelig vibration gik gennem hans krop.

A veces incluso se relajaba demasiado en su felicidad.
Nogle gange slappede han endda for meget af i sin lykke.
A veces se distraía y se soltaba del techo.
Han blev sommetider distraheret og slap loftet.
Y para su propia sorpresa, aterrizó de nuevo en el suelo.
Og til sin egen overraskelse landede han tilbage på jorden.
Pero tenía mucho mejor control de su cuerpo que antes.
Men han havde meget bedre kontrol over sin krop end før.
Para que ahora no se haga daño con caídas tan fuertes.
Så han kom ikke til skade af så store fald nu.
La hermana notó inmediatamente el nuevo placer de Gregor.
Søsteren bemærkede straks Gregors nye nydelse.
Y había restos de adhesivo donde se había arrastrado.
Og der var spor af klæbemiddel, hvor han var kravlet.
Aquí nuevamente la hermana pensó en el bienestar de Gregor.
Her tænkte søsteren igen på Gregors velbefindende.
Quizás apreciaría más espacio para gatear.
Måske ville han sætte pris på mere plads at kravle rundt på.
Y la idea se instaló firmemente en su cabeza.
Og ideen slog sig fast i hendes hoved.
Algunos de los muebles de gran tamaño impedían su libre movimiento.
Nogle af de store møbler forhindrede hans frie bevægelse.
Ya no trabajaba así que no necesitaba el escritorio.
Han arbejdede ikke længere, så han havde ikke brug for skrivebordet.
Y la caja ocupaba más espacio del necesario. ***
Og kassen optog også mere plads end nødvendigt. ***
La hermana no era capaz de mover estas cosas sola.
Søsteren var ikke i stand til at flytte disse ting alene.
Por supuesto que no se atrevió a pedirle ayuda al padre.
Selvfølgelig turde hun ikke bede faderen om hjælp.
La criada seguramente tampoco la habría ayudado.
Stuepigen ville bestemt heller ikke have hjulpet hende.
La nueva criada era de hecho un año más joven que ella.
Den nye tjenestepige var faktisk et år yngre end hende.

Ella había asumido valientemente el papel de ex sirvienta.
Hun havde modigt påtaget sig rollerne som den tidligere tjenestepige.
Pero había un privilegio que ella insistía en tener.
Men der var ét privilegium, hun insisterede på at have.
Ella quería mantener la cocina cerrada en todo momento.
Hun ville holde køkkenet låst hele tiden.
Así que la hermana no tuvo más remedio que preguntarle a su madre.
Så søsteren havde intet andet valg end at spørge sin mor.
Con gritos de emocionada alegría la madre acudió a ayudar.
Med glædesråb kom moderen for at hjælpe.
Pero ella se quedó en silencio en la puerta de la habitación de Gregor.
Men hun blev tavs ved døren til Gregors værelse.
La hermana comprobó que todo en la habitación estuviera bien.
Søsteren tjekkede, om alt i rummet var i orden.
Gregor había tirado apresuradamente la sábana aún más fuerte.
Gregor havde hastigt trukket lagnet endnu tættere.
Aunque la sábana todavía parecía colocada al azar.
Selvom sengetøjet stadig så tilfældigt arrangeret ud.
Y sólo entonces dejó que su madre entrara en la habitación.
Og først da lod hun sin mor komme ind i værelset.
Gregor también se abstuvo de espiar desde debajo de la sábana.
Gregor afstod også fra at spionere under lagnet.
Decidió no volver a ver a su madre esta vez.
Han besluttede sig for at undlade at se sin mor denne gang.
Gregor estaba muy contento de que ella hubiera entrado.
Gregor var glad nok for, at hun overhovedet var kommet ind.
"Pasa, no puedes verlo", dijo la hermana.
"Kom indenfor, du kan ikke se ham," sagde søsteren.
Gregor supuso que ella llevaba a su madre de la mano.
Gregor antog, at hun ledte sin mor ved hånden.

Entonces escuchó a las dos mujeres débiles moviendo los muebles.

Så hørte han de to svage kvinder flytte møblerne.

La hermana parecía reclamar la mayor parte del trabajo para ella misma.

Søsteren syntes at gøre krav på det meste af arbejdet selv.

Su madre temía que se esforzara demasiado.

Hendes mor frygtede, at hun ville overanstrenge sig.

Pero la hermana no hizo caso a estas advertencias.

Men søsteren gav ikke agt på disse advarsler.

Pero incluso después de quince minutos el progreso era muy lento.

Men selv efter femten minutter var fremskridtet meget langsomt.

No habían conseguido mover los muebles muy lejos.

De havde ikke formået at flytte møblerne særlig langt.

Poco a poco empezaron a sentir una sensación de derrota.

De begyndte langsomt at føle en følelse af nederlag.

La madre fue la primera en admitir la inutilidad.

Moderen var den første til at indrømme det nytteløse.

"Quizás sería mejor dejar la caja aquí."

"Måske ville det være bedre at lade kassen stå her."

"La caja es demasiado pesada para que podamos moverla mucho más lejos".

"Kassen er for tung til, at vi kan flytte den meget længere."

"Y no terminaremos antes de que llegue tu padre."

"Og vi bliver ikke færdige, før din far kommer."

Dejar la caja aquí le bloquearía aún más el camino.

"At efterlade boksen her ville blokere hans vej endnu mere."

"¿Y podemos estar seguros de que le estamos haciendo un favor?"

"Og kan vi være sikre på, at vi gør ham en tjeneste?"

Comenzaron a pensar que bien podría ser cierto lo opuesto.

De begyndte at tro, at det modsatte meget vel kunne være tilfældet.

La visión de la pared vacía pesó mucho en su corazón.

Synet af den tomme væg tyngede hendes hjerte.

¿Quién diría que Gregor no se sentiría así también?

Hvad siger du om, at Gregor ikke også ville have det sådan?

"Ya está acostumbrado a los muebles de su habitación."

"Han er allerede vant til møblerne på sit værelse."

"Podría sentirse aún más abandonado en una habitación vacía".

"Han føler sig måske endnu mere forladt i et tomt rum."

Para entonces su voz se había reducido casi a un susurro.

Nu var hendes stemme næsten blevet sænket til en hvisken.

En realidad no sabía el paradero exacto de Gregor.

Hun vidste faktisk ikke Gregors præcise opholdssted.

Ella no quería ni siquiera que él escuchara el sonido de su voz.

Hun ville ikke engang have, at han skulle høre lyden af hendes stemme.

Aunque ella estaba segura de que él no la entendía.

Selvom hun var sikker på, at han ikke forstod hende.

"¿No parecería como si lo hubiéramos abandonado por completo?"

"Ville det ikke virke som om, vi helt har opgivet ham?"

"¿No sentirá que lo estamos dejando solo?"

"Vil han ikke føle, at vi lader ham klare sig alene?"

"Deberíamos dejar la habitación exactamente como estaba".

"Vi burde efterlade rummet præcis som det var."

"Al final Gregor volverá con nosotros como antes."

"Til sidst vil Gregor komme tilbage til os, ligesom han var."

"Entonces encontrará que todo sigue en su lugar."

"Så vil han opdage, at alt stadig er på sin plads."

"Y olvidará mucho más fácilmente el período interino".

"Og han vil glemme mellemperioden meget lettere."

Cuando Gregor escuchó estas palabras se dio cuenta de algo.

Da Gregor hørte disse ord, indså han noget.

Su mente se había vuelto confusa durante los últimos dos meses.

Hans sind var blevet forvirret i løbet af de sidste to måneder.

La falta de interacción humana no había sido buena para él.

Manglen på menneskelig interaktion havde ikke været god for ham.

Realmente necesitaba la vida monótona en medio de su familia.

Han havde virkelig brug for det monotone liv midt i sin familie.

¿Por qué si no habría hecho una exigencia tan absurda?

Hvorfor skulle han ellers have stillet et så meningsløst krav?

¿Qué sentido tenía vaciar su habitación?

Hvilken mulig mening var der i at tømme sit værelse?

La cómoda habitación amueblada con muebles heredados.

Det komfortable værelse møbleret med arvede møbler.

¿Por qué querría convertir ese calor conocido en una cueva?

Hvorfor skulle han ønske at forvandle denne kendte varme til en hule?

Una cueva donde poder arrastrarse en todas direcciones en paz.

En hule hvor han kunne kravle i alle retninger i fred.

Pero una cueva en la que olvidó rápidamente su pasado humano.

Men en hule hvor han hurtigt glemte sin menneskelige fortid.

Tuvo que preguntarse si ya estaba cerca de olvidar.

Han måtte spekulere på, om han allerede var tæt på at glemme.

La voz de su madre lo había sacudido y lo había hecho recordar.

Hans mors stemme havde rystet ham, så han huskede.

La voz que no había oído durante tanto tiempo.

Den stemme, som han ikke havde hørt i så lang tid.

No había que quitar nada, todo tenía que quedar.

Intet måtte fjernes; alt skulle blive.

Los muebles influyeron positivamente en su condición.

Møblerne havde en positiv indflydelse på hans tilstand.

Y no podría vivir sin este ancla en el pasado.

Og han kunne ikke klare sig uden dette anker til fortiden.

Los muebles impedían que se arrastrara sin sentido.

Møblerne forhindrede hans sanseløse kravlen rundt.

Pero eso no fue una pérdida, sino más bien una gran ventaja.

Men det var ikke et tab; snarere en stor fordel.

Lamentablemente la hermana tenía una opinión muy diferente.

Desværre havde søsteren en helt anden mening.

Ella se había convertido en una especie de portavoz de Gregor.

Hun var på en måde blevet en talsperson for Gregor.

Por supuesto que su opinión no era del todo injustificada.

Hendes mening var naturligvis ikke helt uberettiget.

Pero aquí la opinión de su madre tuvo que ser contradicha.

Men hendes mors mening måtte modsiges her.

Ahora no era solo la caja la que había que retirar.

Det var ikke kun kassen, der nu skulle fjernes.

Ni su escritorio ni el armario podían permanecer allí.

Hans skrivebord og garderobeskabet kunne heller ikke blive stående.

Lo único imprescindible era el sofá.

Det eneste, der var uundværligt, var sofaen.

Ella no decidió esto sólo por desafío infantil.

Hun besluttede ikke dette blot af barnlig trodsighed.

Tampoco fue su recientemente adquirida confianza en sí misma.

Det var heller ikke hendes nyligt erhvervede selvtillid.

La nueva confianza que tuvo que trabajar muy duro para ganar.

Den nye selvtillid hun måtte arbejde så hårdt for at vinde.

Aunque nadie esperaba que ella pudiera hacerlo.

Selvom ingen havde forventet, at hun ville være i stand til det.

Gregor realmente necesitaba mucho espacio para gatear.

Gregor havde virkelig brug for meget plads at kravle på.

Los muebles sólo limitaban el espacio del que disponía.

Møblerne begrænsede kun den plads, han havde til rådighed.

Ella podía ver estas cosas mejor que la madre.

Hun var i stand til at se disse ting bedre end moderen.

Pero quizá su espíritu romántico también jugó un papel.

Men måske spillede hendes romantiske ånd også en rolle.

Las niñas de esa edad suelen desarrollar cierto entusiasmo.
Piger i den alder får ofte en vis entusiasme.
Y sienten la necesidad de salirse con la suya siempre que pueden.
Og de føler et behov for at få deres vilje, når de kan.
Quizás por eso quería sabotearlo en secreto.
Måske er det derfor, hun i hemmelighed ville sabotere ham.
Es aún más aterrador cuando se arrastra por las paredes.
Han er endnu mere skræmmende, når han kravler på væggene.
Los padres ya no se atrevían a entrar en la habitación.
Forældrene turde ikke at gå ind i rummet mere.
Ella realmente sería la única cuidadora de su hermano.
Hun ville i sandhed være den eneste omsorgsperson for sin bror.
Ella no dejó que su madre la persuadiera de lo contrario.
Hun lod ikke sin mor overtale hende til det modsatte.
La madre de Gregor ya se sentía incómoda en la habitación.
Gregors mor følte sig allerede urolig i værelset.
Pronto dejó de hablar y ayudó nuevamente a su hija.
Hun holdt snart op med at tale og hjalp sin datter igen.
Con las fuerzas que les quedaban retiraron el armario.
Med deres resterende kræfter fjernede de garderobeskabet.
La cómoda era algo de lo que podía prescindir.
Kommoden var noget, han kunne undvære.
Pero el escritorio tendría que quedarse allí por el momento.
Men skrivebordet måtte blive for øjeblikket.
Mientras las mujeres estaban ausentes, trató de evaluar la habitación.
Mens kvinderne var væk, forsøgte han at vurdere rummet.
Y Gregor asomó la cabeza por debajo del sofá.
Og Gregor stak hovedet ud under sofaen.
Tenía que ver qué podía hacer con la situación.
Han måtte se, hvad han kunne gøre ved situationen.
Pero fue lo más cuidadoso y considerado posible.
Men han var så forsigtig og hensynsfuld som muligt.
Desgraciadamente fue la madre quien regresó primero.

Desværre var det moderen, der vendte tilbage først.

Grete todavía estaba moviendo el armario en la habitación de al lado.

Grete var stadig i gang med at flytte garderoben i det næste værelse.

Pero la madre no estaba acostumbrada a ver a Gregor.

Men moderen var ikke vant til synet af Gregor.

Incluso un simple vistazo a él podría haberla enfermado.

Selv bare et glimt af ham kunne have gjort hende syg.

Gregor se apresuró a retroceder hasta el otro extremo del sofá.

Gregor skyndte sig baglæns hen til den fjerneste ende af sofaen.

Pero no podía retroceder y equilibrar la sábana.

Men han kunne ikke bevæge sig tilbage og balancere lagnet.

El movimiento fue suficiente para llamar la atención de la madre.

Bevægelsen var nok til at fange moderens opmærksomhed.

Ella hizo una pausa y se quedó muy quieta por un breve momento.

Hun holdt en pause og stod helt stille et kort øjeblik.

Luego se dio la vuelta y salió de la habitación.

Så vendte hun sig om og gik ud af værelset igen.

Gregor seguía diciéndose a sí mismo que no había ocurrido nada inusual.

Gregor blev ved med at sige til sig selv, at der ikke var sket noget usædvanligt.

"Son sólo algunos muebles que se han llevado".

"Det er bare nogle møbler, der er blevet fjernet."

Pero pronto tuvo que admitir que los acontecimientos le afectaron.

Men han måtte snart indrømme, at begivenhederne påvirkede ham.

Las mujeres habían estado diciendo todo lo que estaban haciendo.

Kvinderne havde sagt alt, hvad de gjorde.

Habían estado caminando de un lado a otro por la habitación.

De havde gået frem og tilbage gennem rummet.

El rayado de todos los muebles en el suelo.

Skrabningen af alle møblerne på gulvet.

Se sentía como si lo atacaran desde todos lados.

Han følte, at han blev angrebet fra alle sider.

Apretó la cabeza y las piernas lo más fuerte que pudo.

Han trak hoved og ben ind så hårdt som muligt.

Con todas sus fuerzas presionó su cuerpo contra el suelo.

Med al sin kraft pressede han sin krop mod jorden.

Sabía que no podría soportar todo esto por mucho más tiempo.

Han vidste, at han ikke kunne holde alt dette ud meget længere.

Vaciaron su habitación y se llevaron todo lo que amaba.

De ryddede hans værelse og tog alt, hvad han elskede.

Ya se habían llevado la caja que contenía todas sus herramientas.

De havde allerede taget kassen med alt hans værktøj.

Ahora estaban aflojando su pesado escritorio del suelo.

Nu var de ved at løsne hans tunge skrivebord fra jorden.

El escritorio en el que había trabajado después de regresar del trabajo.

Skrivebordet han havde arbejdet på efter at være kommet hjem fra arbejde.

El escritorio en el que había escrito sus tareas comerciales.

Skrivebordet, han havde skrevet sine forretningsopgaver på.

El escritorio en el que había hecho sus deberes en la escuela secundaria.

Skrivebordet, han havde lavet sine lektier på i gymnasiet.

Sí, ya había tenido este pupitre en la escuela primaria.

Ja, han havde allerede haft dette skrivebord i folkeskolen.

Realmente no tuvo tiempo de confirmar sus buenas intenciones.

Han havde virkelig ingen tid til at bekræfte deres gode intentioner.

Aunque ya casi había olvidado que estaban allí.
Selvom han næsten havde glemt, at de var der alligevel.
Porque trabajaban en silencio, por el cansancio.
Fordi de arbejdede lydløst på grund af udmattelse.
Estaban demasiado cansados para anunciar sus movimientos ahora.
De var for trætte til at annoncere deres bevægelser nu.
Lo único que oyó fueron sus pesados pasos en el suelo.
Alt, hvad han hørte, var deres tunge fodtrin på gulvet.
Justo en ese momento estaban apoyados sobre la caja.
Lige i det øjeblik lænede de sig op ad kassen.
Y entonces Gregor salió de debajo del sofá.
Og det var da Gregor kom ud fra under sofaen.
Cambió la dirección en la que corría cuatro veces.
Han ændrede den retning, han løb i, fire gange.
No podía decidir qué elemento debía salvarse primero.
Han kunne ikke beslutte sig for, hvilken genstand der skulle reddes først.
De repente su atención se dirigió a la pared vacía.
Pludselig blev hans opmærksomhed rettet mod den tomme væg.
Lo único que le quedó fue la fotografía de la dama con pieles.
Alt, hvad de havde efterladt ham, var billedet af damen i pels.
Se arrastró hasta la imagen para presionar su cuerpo contra el de ella.
Han kravlede hen til billedet for at presse sin krop mod hende.
Y su cuerpo cubrió completamente la vista de la imagen.
Og hans krop dækkede fuldstændigt billedet.
El vaso lo sostuvo y reconfortó su vientre caliente.
Glasset holdt ham oppe og trøstede hans varme mave.
Esta fotografía ya no se la pudieron quitar.
Dette billede kunne ikke længere tages fra ham.
Luego giró la cabeza hacia la puerta de la sala de estar.
Så vendte han hovedet mod stuedøren.
Iba a observar mientras las mujeres regresaban a la habitación.

Han ville se på, mens kvinderne vendte tilbage til værelset.
Y no descansaron mucho antes de regresar nuevamente.
Og de hvilede ikke længe, før de kom tilbage igen.
El brazo de Grete rodeaba a su madre para ayudarla a caminar.
Gretes arm var om hendes mor for at hjælpe hende med at gå.
"¿Qué nos llevamos ahora?" dijo Grete y miró a su alrededor.
"Hvad skal vi tage nu?" spurgte Grete og så sig omkring.
Justo en ese momento su mirada se encontró con los ojos de Gregor.
Lige i det øjeblik mødte hendes blik Gregors øjne.
A pesar del shock, mantuvo la presencia de ánimo.
Trods chokket bevarede hun sindets nærvær.
Probablemente sólo por la presencia de su madre.
Sandsynligvis kun på grund af hendes mors tilstedeværelse.
Ella inclinó su rostro hacia su madre, cubriéndole la vista.
Hun bøjede ansigtet mod sin mor og dækkede for synet.
Y entonces dijo, aunque temblorosa y desconsiderada:
Og så sagde hun, selvom hun rystede og tankeløs:
-Vamos, ¿no deberíamos volver a la sala de estar?
"Kom nu, skal vi ikke gå tilbage til stuen?"
Gregor podía comprender fácilmente las intenciones de la hermana.
Gregor kunne let forstå søsterens intentioner.
Su primera prioridad fue poner a su madre a salvo.
Hendes første prioritet var at bringe sin mor i sikkerhed.
Pero luego ella iba a perseguirlo desde la pared.
Men så ville hun jagte ham ned fra væggen.
«¡Pues claro que puede intentarlo!», pensó Gregor para sus adentros.
"Jamen, hun kan da sagtens prøve!" tænkte Gregor indvendigt.
Se sentó firmemente sobre su imagen y no renunció a ella.
Han sad fast på sit billede og gav det ikke op.
Preferiría haberle saltado en la cara a la hermana.
Han ville hellere være hoppet i søsterens ansigt.
Pero las palabras de Grete preocuparon aún más a su madre.
Men Gretes ord havde bekymret hendes mor endnu mere.

Ella se hizo a un lado para ver lo que le ocultaban.
Hun trådte til side for at se, hvad der blev skjult for hende.
Y vio la mancha marrón en el papel pintado floreado.
Og hun så den brune plet på det blomstrede tapet.
Y ella gritó antes de darse cuenta de que era Gregor.
Og hun skreg, før hun overhovedet vidste, at det var Gregor.
"Oh Dios", gritó con los brazos extendidos.
"Åh Gud," skreg hun med udstrakte arme.
Y ella se dejó caer en el sofá como si se hubiera rendido.
Og hun faldt ned på sofaen, som om hun havde givet op.
—¡Gregor! —gritó la hermana levantando el puño.
"Gregor!" råbte søsteren til ham med en løftet knytnæve.
Y ella le dirigió una mirada larga, dura y penetrante.
Og hun gav ham et langt, hårdt og gennemtrængende blik.
Esta era la primera vez que hablaba con él directamente.
Dette var første gang, hun havde talt direkte til ham.
Corrió a la habitación de al lado para conseguir algunas sales aromáticas.
Hun løb ind i det næste værelse for at hente noget lugtesalt.
Tenía que devolverle la conciencia a su madre.
Hun måtte bringe sin mor til bevidsthed igen.
Gregor quería ayudar, podría salvar la imagen más tarde.
Gregor ville gerne hjælpe, han kunne gemme billedet senere.
Pero él se había quedado firmemente pegado al cristal.
Men han havde sat sig fast i glasset.
Entonces tuvo que apartarse usando mucha fuerza.
Så han måtte rive sig løs med stor magt.
Él también corrió a la habitación de al lado, donde estaba la hermana.
Han løb også ind i det næste værelse, hvor søsteren var.
En el pasado podría haberle dado algún consejo.
I gamle dage kunne han have givet hende et råd.
Pero ahora no podía hacer nada más que quedarse de brazos cruzados y observar.
Men nu kunne han ikke gøre andet end at stå passivt og se på.
Revolvió el cajón y abrió varias botellas.
Hun rodede gennem skuffen og åbnede forskellige flasker.

Y todavía la asustó cuando ella se dio la vuelta.
Og han skræmte hende stadig, da hun vendte sig om.
Una botella cayó al suelo, se rompió y se astilló.
En flaske faldt på gulvet, gik i stykker og splintredes.
Una astilla de vidrio golpeó la cara de Gregor y lo hirió.
En glassplinter ramte Gregors ansigt og sårede ham.
La botella contenía algún tipo de líquido cáustico.
Flasken indeholdt en slags ætsende væske.
Y ahora el líquido corrosivo quemaba la cara de Gregor.
Og nu brændte den ætsende væske Gregors ansigt.
Sin embargo, la hermana no tenía tiempo para Gregor en ese momento.
Søsteren havde imidlertid ikke tid til Gregor lige nu.
Ella recogió tantas botellas como pudo.
Hun samlede så mange flasker op, som hun kunne.
Y ella corrió de nuevo hacia su madre con la medicina.
Og hun løb tilbage til sin mor med medicinen.
Ella cerró la puerta con el pie, dejando afuera a Gregor.
Hun smækkede døren i med foden og lukkede Gregor ude.
Ahora estaba separado de su madre, que estaba potencialmente moribunda.
Han var nu afskåret fra sin potentielt døende mor.
Si abriera la puerta, echaría a la hermana.
Hvis han åbnede døren, ville han jage søsteren væk.
Pero por supuesto tuvo que quedarse para cuidar a la madre.
Men selvfølgelig måtte hun blive og passe på moderen.
Ya no podía hacer nada más que esperarlos.
Der var intet andet han kunne gøre nu end at vente på dem.
Acosado por el autorreproche y la ansiedad, comenzó a gatear.
Plaget af selvbebrejdelse og angst begyndte han at kravle.
Se arrastró por todas partes: las paredes, los muebles, el techo.
Han kravlede overalt; vægge, møbler, loftet.
Sintió como si toda la habitación girara a su alrededor.
Han følte, at hele rummet drejede rundt om ham.
Finalmente, desesperado y mareado, volvió a caer.

Til sidst, i fortvivlelse og svimmelhed, faldt han ned igen.

Y cayó justo encima de la gran mesa del comedor.

Og han faldt lige oven på det store spisebord.

Pasó algún tiempo tendido allí, entumecido e incapaz de moverse.

Han tilbragte et stykke tid med at ligge der, følelsesløs og ude af stand til at bevæge sig.

Estaba exhausto por todo lo que el día le había traído.

Han var udmattet af alt, hvad denne dag havde bragt ham.

Todo estaba tranquilo, pero tal vez eso era una buena señal.

Der var stille overalt, men det var måske et godt tegn.

Entonces, rompiendo el silencio, sonó el timbre de la puerta de afuera.

Så ringede det på døren udenfor, og stilheden brødes.

La criada, por supuesto, se había encerrado en su cocina.

Stuepigen havde selvfølgelig låst sig inde i sit køkken.

Así que la hermana era la única que podía abrir la puerta.

Så søsteren var den eneste, der kunne åbne døren.

"¿Qué pasó?" fue lo primero que preguntó el padre.

"Hvad skete der?" var det første, faderen spurgte.

La aparición de Grete probablemente le había dicho todo.

Gretes udseende havde sandsynligvis fortalt ham alt.

La voz de Grete se volvió apagada y apagada mientras hablaba.

Gretes stemme blev dæmpet og mat, mens hun talte.

Ella debió haber presionado su cara contra el pecho de su padre.

Hun må have presset sit ansigt mod sin fars bryst.

"La madre estaba inconsciente, pero ahora se siente mejor".

"Moder var bevidstløs, men hun har det bedre nu."

—Gregor ha escapado —añadió, tal como él esperaba.

"Gregor er undsluppet," tilføjede hun, hvilket han havde forventet.

"Siempre te dije que algún día se escaparía."

"Jeg har altid sagt, at han ville flygte en dag."

—Pero vosotras, las mujeres, no quisisteis escucharme, ¿verdad?

"Men I kvinder ville ikke høre på mig, vel?"
Gregor se dio cuenta rápidamente de cómo veía las cosas su padre.
Gregor forstod hurtigt, hvordan hans far ville se tingene.
Había malinterpretado el mensaje demasiado breve de Grete.
Han havde misfortolket Gretes alt for korte besked.
Supuso que Gregor había cometido algún acto de violencia.
Han antog, at Gregor havde begået en eller anden voldshandling.
Gregor tenía que encontrar una manera de apaciguar a su padre de alguna manera.
Gregor måtte finde en måde at formilde sin far på en eller anden måde.
Porque no tuvo tiempo de explicarle las cosas.
Fordi han ikke havde tid til at forklare ham tingene.
Pero de todos modos no habría podido explicar las cosas.
Men han ville alligevel ikke have været i stand til at forklare tingene.
Entonces huyó hacia la puerta y se pegó a ella.
Så flygtede han hen til døren og pressede sig op ad den.
De esa manera su padre podría verlo desde la antesala.
På den måde kunne hans far se ham fra forværelset.
Y podría ver que tenía las mejores intenciones.
Og han ville kunne se, at han havde de bedste intentioner.
No había necesidad de empujarlo con una escoba.
Der var ingen grund til at skubbe ham tilbage med en kost.
Lo único que el padre habría tenido que hacer era abrir la puerta.
Alt, hvad faren skulle gøre, var at åbne døren.
Pero él no estaba de humor para notar tales sutilezas.
Men han var ikke i humør til at bemærke sådanne finesser.
"¡Ahí estás!" exclamó nada más entrar.
"Der er du!" udbrød han, så snart han kom ind.
Era como si estuviera enojado y feliz al mismo tiempo.
Det var, som om han var vred og glad på samme tid.
Echó la cabeza hacia atrás y miró al padre.

Han trak hovedet tilbage og kiggede op på faderen.

No se había imaginado que su padre estuviera allí así.

Han havde ikke forestillet sig sin far stå sådan der.

Pero en los últimos tiempos había encontrado una nueva distracción.

Men han havde i den seneste tid fundet en ny distraktion.

Gatear ahora ocupaba gran parte de su día.

Det at kravle rundt optog nu en stor del af hans dag.

Antes, él estaba al tanto de todas las novedades que ocurrían en el apartamento.

Før holdt han styr på alle nyheder i lejligheden.

Pero últimamente no había estado prestando tanta atención.

Men han havde ikke været så opmærksom på det på det seneste.

Debería haber estado preparado para afrontar los cambios.

Han burde have været forberedt på at møde forandringer.

Sin embargo, ¿era este hombre que tenía delante todavía el padre?

Ikke desto mindre, var denne mand før ham stadig faderen?

¿Era él el mismo hombre que solía yacer cansado en su cama?

Var han den samme mand, der plejede at ligge træt i sin seng?

Cuando Gregor ya se había ido de viaje de negocios.

Da Gregor allerede var taget på forretningsrejse.

¿Era él el mismo hombre que lo saludaba por las noches?

Var han den samme mand, der hilste på ham om aftenen?

Cuando estaba en bata en su sillón.

Da han sad i sin morgenkåbe i sin lænestol.

¿Era el mismo hombre que no pudo levantarse a darle la bienvenida?

Var han den samme mand, der ikke kunne rejse sig for at byde ham velkommen?

Entonces, permaneciendo sentado, levantó el brazo en señal de alegría.

Så han blev siddende og løftede armen som et tegn på glæde.

¿Era el mismo hombre con el que salía a caminar de vez en cuando?

Var han den samme mand, som han gik ture med af og til?

En raras ocasiones: algunos domingos al año o días festivos.

I sjældne tilfælde: et par søndage om året eller helligdage.

¿Era el mismo hombre que caminaba envuelto en su abrigo?

Var han den samme mand, der gik, svøbt i sin overfrakke?

¿Avanzó lentamente, entre la madre y él?

Fødte han langsomt fremad, mellem moderen og ham?

Y ellos ya caminaban lentamente por causa de él.

Og de gik allerede langsomt på grund af ham.

Pero ahora este hombre estaba de pie, fuerte y erguido.

Men nu stod denne mand stærk og rank.

Estaba vestido con un uniforme azul con botones dorados.

Han var klædt i en blå uniform med guldknapper.

Botones que llevan los empleados de las instituciones bancarias.

Knapper som bankernes ansatte bærer.

Por encima del rígido cuello emergía su fuerte papada.

Over den stive krave trådte hans stærke dobbelthage frem.

Bajo sus pobladas cejas se asomaban sus ojos negros.

Under hans buskede øjenbryn tittede hans sorte øjne ud.

Ahora sus ojos parecían penetrantes, frescos y alertas.

Nu virkede hans øjne gennemtrængende, friske og årvågne.

El cabello blanco, anteriormente despeinado, fue peinado hacia abajo.

Det tidligere ujævne hvide hår blev redt ned.

Y su cabello ahora tenía una meticulosa raya central.

Og hans hår havde nu en omhyggelig midterskilning.

Arrojó su sombrero, que estaba adornado con un monograma dorado.

Han kastede sin hat, som var fastgjort med et guldmonogram.

Probablemente era el monograma del banco en el que trabajaba.

Det var sandsynligvis monogrammet for den bank, han arbejdede for.

Y el sombrero aterrizó en el sofá, para guardarlo más tarde.

Og hatten landede på sofaen for at blive lagt væk senere.

Empujó hacia atrás la parte inferior de la larga chaqueta del uniforme.

Han skubbede bunden af den lange uniformjakke tilbage.

Y metió los pulgares en los bolsillos de sus pantalones.

Og han stak tommelfingrene i lommerne på sine bukser.

Y luego, con cara sombría, caminó hacia Gregor.

Og så gik han med et dystert ansigt hen imod Gregor.

Probablemente ni siquiera sabía lo que planeaba hacer.

Han vidste sikkert slet ikke, hvad han havde tænkt sig at gøre.

Pero aún así levantó los pies inusualmente alto.

Men ikke desto mindre løftede han fødderne usædvanligt højt.

Gregor estaba asombrado por el enorme tamaño de sus botas.

Gregor var forbløffet over sine støvlers enorme størrelse.

Pero realmente no había tiempo para maravillarse con sus zapatos.

Men der var virkelig ingen tid til at beundre hans sko.

El padre había decidido aplicar una disciplina muy estricta.

Faderen havde besluttet sig for meget streng disciplin.

Para Gregor sólo era apropiada la mayor severidad.

Kun den største strenghed var passende for Gregor.

Él lo sabía desde el primer día de su transformación.

Han vidste dette fra den første dag af sin forvandling.

Corrió hacia su padre y se detuvo cuando él se detuvo.

Han løb hen til sin far og stoppede, da han stoppede.

Corrió hacia él nuevamente cuando se movió de nuevo.

Han pilede hen imod ham igen, da han bevægede sig igen.

El padre se detuvo un momento y Gregor también.

Faderen tav et øjeblik, og det gjorde Gregor også.

Y corrió hacia adelante nuevamente tan pronto como su padre se movió.

Og han skyndte sig frem igen, så snart hans far bevægede sig.

De esta manera dieron varias vueltas alrededor de la habitación.

På denne måde gik de flere gange rundt i rummet.

Nadie había conseguido aún ninguna ventaja decisiva.

Ingen havde endnu opnået nogen afgørende fordel.

No se podría haber tenido la impresión de una persecución.
Man kunne ikke have fået indtryk af en jagt.
**Porque todo el acontecimiento se estaba produciendo
demasiado lentamente.**
Fordi hele begivenheden foregik alt for langsomt.
Gregor había decidido quedarse en tierra.
Gregor havde besluttet, at han ville blive på jorden.
Podría haber corrido por las paredes y a lo largo del techo.
Han kunne have løbet op ad væggene og langs loftet.
Pero no quería provocar al padre innecesariamente.
Men han ville ikke provokere faderen unødigt.
Una huida así podría haber parecido especialmente perversa.
En sådan flugt kunne have virket særlig ondskabsfuld.
**Gregor admitió que esta persecución no podía durar mucho
más.**
Gregor indrømmede, at denne jagt ikke kunne vare meget
længere.
**Cada paso debía ir acompañado de una miríada de
movimientos.**
Hvert skridt måtte imødegås med et utal af bevægelser.
Ya empezaba a sentir falta de aire.
Han var allerede begyndt at føle åndenød.
**Incluso antes nunca había tenido unos pulmones
completamente confiables.**
Selv før havde han aldrig helt pålidelige lunger.
**Avanzó tambaleándose, guardando sus fuerzas para la
carrera.**
Han vaklede afsted og gemte sine kræfter til løbet.
**Estaba tan cansado que apenas podía mantener los ojos
abiertos.**
Han var så træt, at han næsten ikke kunne holde øjnene åbne.
**Sus pensamientos se volvieron demasiado lentos para
pensar en otras escapatorias.**
Hans tanker blev for langsomme til at tænke på andre
flugtmuligheder.
Casi había olvidado que los muros estaban a su disposición.

Han havde næsten glemt, at væggene var tilgængelige for ham.

Pero de todos modos las paredes estaban ocultas detrás de los muebles.

Men væggene var alligevel skjult bag møbler.

Y los muebles tenían demasiadas muescas y protuberancias.

Og møblerne havde for mange hak og fremspring.

Y luego, justo a su lado, rodando, había una manzana.

Og så, lige ved siden af ham, rullende, lå der et æble.

La manzana debió haberle sido arrojada, se dio cuenta.

Æblet måtte være blevet kastet efter ham, indså han.

Pero no tuvo tiempo de pensar antes de que llegara otra manzana.

Men han havde ikke tid til at tænke, før der kom et nyt æble.

Gregor se quedó paralizado por la nueva estrategia del padre.

Gregor frøs til af chok over farens nye strategi.

Ya no podía ganar nada intentando huir.

Han kunne ikke længere få noget ud af at forsøge at løbe.

El padre había decidido bombardearlo con fruta.

Faderen havde besluttet at bombardere ham med frugt.

Se había llenado los bolsillos con lo que había en el frutero de la cocina.

Han havde fyldt sine lommer fra køkkenets frugtskål.

Sin apuntar especialmente, lanzó manzana tras manzana.

Uden at sigte særligt kastede han æble efter æble.

Estas pequeñas manzanas rojas rodaban por el suelo.

Disse små røde æbler rullede rundt på jorden.

Como si estuvieran electrificadas, las manzanas chocaron entre sí.

Som om de var elektrificerede, stødte æblerne ind i hinanden.

Una de las manzanas lanzadas débilmente rozó la espalda de Gregor.

Et af de svagt kastede æbler strejfede Gregors ryg.

Afortunadamente para él, la manzana se deslizó sin sufrir daño.

Heldigvis for ham gled æblet harmløst af.

Sin embargo, la manzana lanzada después fue más precisa.

Æblet, der blev kastet bagefter, var dog mere præcist.

Y esta manzana se alojó profundamente en la espalda de Gregor.

Og dette æble satte sig dybt fast i Gregors ryg.

Gregor quería alejarse del dolor.

Gregor ville trække sig væk fra smerten.

Quizás se pueda escapar de este nuevo e increíble dolor.

Måske kunne denne nye, ufattelige smerte undslippes.

Quizás un cambio de ubicación aliviaría su agonía.

Måske ville et skifte af placering lindre hans smerte.

Pero se sentía como si lo hubieran clavado al suelo.

Men han følte sig, som om han var blevet naglet ned til gulvet.

Se estiró, pero sólo debido a su confusión.

Han strakte sig ud, men kun på grund af sin forvirring.

Sólo con su última mirada vio que la puerta se abría.

Først med sit sidste blik så han døren åbne sig.

La madre corrió hacia su hermana, que gritaba.

Moderen skyndte sig ud foran den skrigende søster.

La hermana la había desnudado, por lo que estaba en camisa.

Søsteren havde klædt hende af, så hun havde sin skjorte på.

Había necesitado respirar en su inconsciencia.

Hun havde haft brug for et pusterum i sin bevidstløshed.

Todavía veía cómo la madre corría hacia el padre.

Han så stadig, hvordan moderen løb hen imod faderen.

Sus faldas se deslizaron hasta el suelo, una tras otra.

Hendes nederdele gled ned på jorden, den ene efter den anden.

La vio acercarse al padre y tropezar con su falda.

Han så hende nærme sig faderen og snuble i sin nederdel.

Abrazándolo, pidió que le perdonaran la vida a Gregor.

Hun omfavnede ham og bad om, at Gregors liv måtte skånes.

En completa unión con su cuerpo, su vista falló.

I fuldstændig forening med sin krop svigtede hans syn.

Tercera parte
Del tre

Gregor sufrió la grave lesión durante más de un mes.
Gregor led den alvorlige skade i over en måned.
La manzana quedó incrustada; nadie se atrevió a sacarla.
Æblet forblev indlejret; ingen turde fjerne det.
La manzana permaneció en su carne como un recordatorio visible.
Æblet forblev i hans kød som en synlig påmindelse.
Pero la manzana también sirvió como recordatorio para el padre.
Men æblet tjente også som en påmindelse til faderen.
Se dio cuenta de que no debía tratar a Gregor como a un enemigo.
Han indså, at Gregor ikke burde behandles som en fjende.
Actualmente su apariencia puede ser triste y repugnante.
I øjeblikket kan hans udseende være trist og modbydeligt.
Pero aún así, seguía siendo un miembro de su familia.
Men ikke desto mindre var han stadig et medlem af deres familie.
Había que aceptar la reticencia y tolerarla.
Modviljen måtte sluges og tolereres.
Debido a su herida, es posible que haya perdido su movilidad para siempre.
På grund af hans sår kan hans førlighed meget vel være tabt for altid.
Todavía gateaba por su habitación, pero mucho más lento.
Han kravlede stadig rundt på sit værelse, men meget langsommere.
Arrastrarse a cualquier altura estaba fuera de cuestión.
At kravle i nogen form for højde var udelukket.
Pero Gregor recibió algún tipo de compensación.
Men Gregor modtog en eller anden form for kompensation.
Por la noche se le abrió la puerta del salón.
Om aftenen blev stuedøren åbnet for ham.

Y consideró que estas reparaciones eran completamente adecuadas.

Og han mente, at disse erstatninger var fuldt ud tilstrækkelige.

Antes del anochecer ya había empezado a vigilar la puerta.

Allerede inden aftenen var han begyndt at holde øje med døren.

Él yacía en la oscuridad, invisible desde la sala de estar.

Han lå i mørket, usynlig fra stuen.

Pudo ver a toda la familia en la mesa iluminada.

Han kunne se hele familien ved det oplyste bord.

Ahora se le permitió escuchar sus conversaciones.

Han fik nu lov til at lytte til deres samtaler.

Esto fue bastante diferente a su arreglo anterior.

Dette var helt anderledes end deres tidligere ordning.

Las animadas conversaciones de tiempos pasados habían terminado.

De livlige samtaler fra tidligere tider var forbi.

Éstas eran las conversaciones que tanto anhelaba.

Det var de samtaler, han plejede at længtes efter.

Cuando dormía solo en pequeñas habitaciones de hotel.

Da han sov alene på små hotelværelser.

Cuando tuvo que arrojarse entre las sábanas húmedas.

Da han måtte kaste sig i det fugtige sengetøj.

Pero ahora las tardes eran en su mayoría tranquilas y sin acontecimientos.

Men aftenerne var nu for det meste stille og begivenhedsløse.

El padre se quedó dormido en su sillón después de cenar.

Faderen faldt i søvn i sin lænestol efter aftensmaden.

Y la madre y la hermana se animaban mutuamente a guardar silencio.

Og moderen og søsteren opfordrede hinanden til at tie stille.

La madre, inclinada hacia la luz, cosía lino.

Moderen, lænet langt over lyset, syede linned.

Ahora ella hace vestidos para una de las tiendas de moda.

Hun syede nu kjoler til en af modebutikkerne.

Al igual que Gregor, la hermana había conseguido un trabajo como vendedora.

Ligesom Gregor havde søsteren taget et job som ekspeditrice.
Ella estaba aprendiendo taquigrafía y francés por las tardes.
Hun lærte stenografi og fransk om aftenen.
Para que más adelante pudiera tal vez conseguir un mejor puesto de trabajo.
Så hun måske kunne få et bedre job senere.
A veces el padre se despertaba de sus siestas nocturnas.
Nogle gange vågnede faren fra sine aftenlurer.
"¡Cariño, ya llevas un buen rato cosiendo hoy!"
"Skat, du har allerede syet så længe i dag!"
Parecía haber olvidado que había estado durmiendo.
Han syntes at have glemt, at han havde sovet.
Pero inmediatamente volvió a caer en un sueño profundo.
Men han faldt straks i søvn igen.
Y la madre y la hermana se sonrieron cansadamente.
Og moderen og søsteren smilede træt til hinanden.
El padre había desarrollado una extraña y nueva terquedad.
Faderen havde udviklet en mærkelig ny stædighed.
Incluso en casa se negó a quitarse el uniforme de sirviente.
Selv hjemme nægtede han at tage sin tjeneruniform af.
Y su bata colgaba inútilmente en la percha.
Og hans morgenkåbe hang ubrugeligt på bøjlen.
Así pues, el padre dormía, completamente vestido, en su sillón.
Så sov faderen, fuldt påklædt, i sin lænestol.
Era como si siempre estuviera dispuesto a prestar su servicio.
Det var, som om han altid var klar til at gøre sin tjeneste.
Como si estuviera esperando la voz de su superior.
Som om han bare ventede på sin overordnedes stemme.
Esto provocó que su uniforme perdiera su limpieza.
Dette resulterede i, at hans uniform mistede sin renlighed.
Aunque el uniforme tampoco era nuevo cuando lo recibió.
Selvom uniformen heller ikke var ny, da han fik den.
Y la madre hizo todo lo posible para cuidar el uniforme.
Og moderen gjorde sit bedste for at passe på uniformen.
Gregor pasaba tardes enteras mirando este uniforme.
Gregor tilbragte hele aftener med at se på denne uniform.

Observó cómo el anciano dormía de manera muy incómoda.
Han så på, mens den gamle mand sov meget ubehageligt.
Pero mientras dormía también notó algo pacífico.
Men i søvne bemærkede han også noget fredeligt.
Cuando el reloj dio las diez la madre intentó despertarlo.
Da klokken slog ti, forsøgte moderen at vække ham.
Ella habló en voz baja y lo convenció de ir a la cama.
Hun talte stille og overtalte ham til at gå i seng.
Porque dormir en el sillón no era dormir de verdad.
Fordi det at sove på lænestolen ikke var rigtig søvn.
Iba a tener que empezar a trabajar a las seis en punto.
Han skulle begynde at arbejde klokken seks.
Así que realmente necesitaba dormir lo mejor posible.
Så han havde virkelig brug for at få den bedst mulige søvn.
Pero una nueva forma de terquedad se apoderó de él.
Men han var blevet grebet af en ny form for stædighed.
Convertirse en sirviente había comenzado a tener ese efecto en él.
Det at blive tjener var begyndt at have denne effekt på ham.
Así que siempre insistía en quedarse más tiempo en la mesa.
Så insisterede han altid på at blive længere ved bordet.
Aunque con regularidad volvía a quedarse dormido en su silla.
Selvom han regelmæssigt faldt i søvn i sin stol igen.
Y sólo con la mayor dificultad pudo ser movido.
Og han kunne kun flyttes med den største vanskelighed.
Tuvieron que decirle que la cama sería mejor para él.
Han måtte få at vide, at sengen ville være bedre for ham.
Madre y hermana tuvieron que insistir con pequeñas advertencias.
Mor og søster måtte insistere med få advarsler.
Durante quince minutos se limitó a menear lentamente la cabeza.
I femten minutter rystede han kun langsomt på hovedet.
Y mantuvo los ojos cerrados y se negó a levantarse.
Og han holdt øjnene lukkede og nægtede at rejse sig.
La madre tiró de su manga, suavemente, pero con firmeza.

Moderen trak blidt, men bestemt i hans ærme.

Y ella susurró palabras halagadoras en sus oídos cansados.

Og hun hviskede smigrende ord i hans trætte ører.

La hermana abandonó la tarea que tenía entre manos para ayudar a su madre.

Søsteren forlod den opgave, hun var på, for at hjælpe sin mor.

Pero ninguno de sus esfuerzos funcionó con el padre.

Men ikke én af deres anstrengelser virkede på faderen.

Se hundió aún más en su silla, preparado para dormir.

Han sank endnu dybere ned i stolen, klar til at sove.

Y finalmente las mujeres lo agarraron por las axilas.

Og til sidst greb kvinderne ham under armhulerne.

Abrió los ojos y los miró alternativamente.

Han åbnede øjnene og kiggede på dem på skift.

"¡Qué vida ésta!" se quejó al irse a dormir.

"Hvilket liv det her er," klagede han, mens han gik i seng.

"¿Es esta la paz que me ha sido dada en mi vejez?"

"Er det den fred, jeg har fået i min alderdom?"

Pero entonces, apoyándose en las dos mujeres, se levantó torpemente.

Men så, lænet op ad de to kvinder, rejste han sig akavet.

Actuó como si llevara la carga más pesada.

Han opførte sig, som om han bar den tungeste byrde.

Dejó que las dos mujeres lo guiaran hasta el final de la habitación.

Han lod de to kvinder føre ham til enden af rummet.

Allí les deseó buenas noches y continuó su camino.

Der sagde han godnat til dem og fortsatte på egen hånd.

Pero la madre rápidamente arrojó su kit de costura.

Men moderen smed hurtigt sit sysæt fra sig.

Y la hermana también dejó el bolígrafo y el bloc de notas.

Og søsteren lagde også pennen og notesblokken fra sig.

Y corrieron detrás del padre para ayudarle aún más.

Og de løb bag faderen for at hjælpe ham yderligere.

¿Quién en esta familia sobrecargada de trabajo tenía tiempo para Gregor?

Hvem i denne overarbejdede familie havde tid til Gregor?

¿Quién podría haberle prestado más atención de la necesaria?

Hvem kunne have givet ham mere opmærksomhed end højst nødvendigt?

El presupuesto familiar se fue restringiendo cada vez más.

Husholdningsbudgettet blev mere og mere begrænset.

Al final, para ahorrar dinero, tuvieron que despedir a la criada.

Til sidst måtte de afskedige stuepigen for at spare penge.

Fue reemplazada por una mujer de cabello blanco y huesos gruesos.

Hun blev erstattet af en tykbenet, hvidhåret kvinde.

Pero esta mujer venía sólo por la mañana y por la tarde.

Men denne kvinde kom kun om morgenen og aftenen.

Y todo el trabajo más pesado y duro quedó guardado para ella.

Og alt det tungeste og hårdeste arbejde blev gemt til hende.

La madre se encargaba de todos los demás quehaceres.

Alle andre pligter blev taget hånd om af moderen.

Incluso ocurrió que se vendieron varias joyas familiares.

Det skete endda, at forskellige familiesmykker blev solgt.

Joyas que las mujeres lucieron felizmente durante las celebraciones.

Smykker, som kvinderne med glæde havde båret under festlighederne.

Gregor aprendió esto en una de las discusiones generales.

Gregor lærte dette fra en af de generelle diskussioner.

La mayor queja, sin embargo, fue otra.

Den største klage var dog noget andet.

El apartamento era demasiado grande, pero no podían mudarse.

Lejligheden var for stor, men de kunne ikke flytte ud.

No había manera de que pudieran reubicar a Gregor.

Der var ingen måde, de kunne have flyttet Gregor.

Pero Gregor se dio cuenta de que no era sólo una consideración.

Men Gregor indså, at det ikke kun var hensyntagen.

Algo más les impidió mudarse a otro lugar.

Noget andet forhindrede dem i at flytte et andet sted hen.

Podría haber sido fácilmente transportado en una caja adecuada.

Han kunne nemt have været transporteret i en passende kasse.

Sus sentimientos de completa desesperanza los frenaron.

Deres følelser af fuldstændig håbløshed holdt dem tilbage.

No querían admitir que la desgracia les había golpeado.

De ville ikke indrømme, at ulykken havde ramt dem.

Lo que el mundo exige de los pobres, ellos lo cumplen.

Hvad verden kræver af fattige mennesker, opfyldte de.

El padre le preparó el desayuno al pequeño empleado del banco.

Faderen hentede morgenmad til den lille bankfunktionær.

La madre se sacrificó por la ropa de desconocidos.

Moderen ofrede sig for fremmedes vasketøj.

La hermana corría de un lado a otro para atender los pedidos de los clientes.

Søsteren løb frem og tilbage efter kundernes bestillinger.

Pero ya no tenían fuerzas para hacer más.

Men de havde simpelthen ikke kræfterne til at gøre mere.

La herida en la espalda de Gregor comenzó a doler aún más.

Såret i Gregors ryg begyndte at gøre endnu mere ondt.

Cada noche, la madre y la hermana llevaban al padre a la cama.

Hver aften bragte mor og søster faren i seng.

Dejaron su trabajo donde estaba y se sentaron juntos.

De lod deres arbejde ligge, hvor det var, og satte sig sammen.

Y se acercaron más y se sentaron mejilla contra mejilla.

Og de rykkede tættere sammen og satte sig kind mod kind.

La madre señaló la habitación desde donde él observaba.

Moderen pegede på rummet, hvorfra han så på.

"¿Podrías cerrar la puerta?" le preguntó a la hermana.

"Vil du lukke døren?" spurgte hun søsteren.

Y entonces Gregor se quedó solo otra vez en la oscuridad.

Og så blev Gregor efterladt alene i mørket igen.

Y en la habitación de al lado la mujer mezcló sus lágrimas.

Og i det næste værelse blandede kvinden deres tårer.
**O bien se quedaban sentados con los ojos secos,
simplemente mirando la mesa.**
Eller de sad med tørre øjne og stirrede blot på bordet.
Gregor apenas durmió, ni de noche ni de día.
Gregor sov næsten ikke, hverken nat eller dag.
A menudo pensaba en cómo podría ayudar a la familia.
Han tænkte ofte over, hvordan han kunne hjælpe familien.
Pensó en ganar dinero nuevamente para ellos.
Han tænkte på at tjene pengene til dem igen.
Pensó en hacer lo que solía hacer por ellos.
Han tænkte på at gøre det, han plejede at gøre for dem.
En sus pensamientos regresó el representante autorizado.
I sine tanker kom den bemyndigede repræsentant tilbage.
Y esta vez el jefe también vino al apartamento.
Og denne gang kom chefen også til lejligheden.
Y los oficinistas y los aprendices también estaban allí.
Og kontoristerne og lærlingene var der også.
Incluso el lento empleado de la oficina vino a verlo.
Selv den langsomme kontortjener kom for at se ham.
Había dos o tres amigos de otros negocios.
Der var to eller tre venner fra andre forretninger.
Una de las camareras de un hotel de provincias.
En af stuepigerne fra et hotel i provinsen.
Un recuerdo querido y fugaz al que intentó aferrarse.
Et kært og flygtigt minde, han forsøgte at holde fast i.
Una cajera de una sombrerería para quien tenía intenciones.
En kassedame fra en hattebutik, som han havde intentioner
for.
Pero había sido un poco lento en ganar su aprobación.
Men han havde været lidt for langsom til at vinde hendes
godkendelse.
**Todos ellos aparecieron en sus pensamientos, mezclados con
desconocidos.**
De dukkede alle op i hans tanker, blandet med fremmede.
Y otros no aparecieron, ya estaban olvidados.
Og andre dukkede ikke op; de var allerede glemt.

Pero no le ayudaron a él ni tampoco a la familia.
Men de hjalp ham ikke, og de hjalp heller ikke familien.
Eran inaccesibles y él se alegró cuando se fueron.
De var utilgængelige, og han var glad, da de forsvandt.
No siempre estaba de humor para preocuparse por la familia.
Han var ikke altid i humør til at bekymre sig om familien.
Y se llenó de rabia por la falta de atención.
Og han var fyldt med raseri over manglen på opmærksomhed.
Y no podía imaginar nada que le apeteciera.
Og han kunne ikke forestille sig noget, han havde appetit på.
Pero aún así hizo planes para entrar en la despensa.
Men han lagde stadig planer om at bryde ind i spisekammeret.
Y él iba a tomar todo lo que se merecía.
Og han ville tage alt, hvad han fortjente.
La hermana ya no hacía ningún esfuerzo especial por él.
Søsteren gjorde ikke længere nogen særlig indsats for ham.
Ella ya no pasaba el tiempo pensando en complacerlo.
Hun brugte ikke længere tid på at tænke på at behage ham.
Antes de ir a trabajar, rápidamente metió algo de comida en la habitación.
Før arbejde skubbede hun hurtigt noget mad ind i værelset.
Y por la noche volvió a barrer rápidamente la comida.
Og om aftenen fejede hun hurtigt maden op igen.
Ya no se daba cuenta de si había comido o no.
Om han havde spist eller ej, lagde hun ikke mærke til det længere.
En la actualidad, la mayoría de las veces la comida se dejaba intacta.
Oftere end ikke nu blev maden ladt urørt.
Ella todavía barría rápidamente la habitación por la noche.
Hun fejede stadig hurtigt gennem rummet om aftenen.
Pero ahora hizo lo mínimo, lo más rápido posible.
Men nu gjorde hun det absolut minimale, så hurtigt som muligt.
Quedaron vetas de suciedad corriendo por las paredes.
Der løb striber af snavs langs væggene.

Bolas de polvo y basura quedaron tiradas en el suelo.

Kugler af støv og affald blev efterladt på gulvet.

Gregor mostró su desaprobación por su falta de cuidado.

Gregor viste sin misbilligelse over hendes manglende omsorg.

Se giró en un ángulo particularmente significativo.

Han drejede sig i en særlig markant vinkel.

Pero podría haber permanecido en el puesto durante semanas.

Men han kunne have været i stillingen i ugevis.

Su hermana no habría notado su insatisfacción.

Hans søster ville ikke have bemærket hans utilfredshed.

Ella veía la suciedad tan bien como él, o incluso mejor.

Hun så snavset lige så godt som ham, hvis ikke bedre.

Pero ella había decidido dejar la tierra donde estaba.

Men hun havde besluttet at lade snavset ligge, hvor det var.

En ese momento adoptó una sensibilidad completamente nueva.

På det tidspunkt udviklede hun en helt ny følsomhed.

Ella había hecho de la limpieza de la habitación de Gregor su responsabilidad.

Hun havde gjort rengøringen af Gregors værelse til sin opgave.

La familia se sintió conmovida por su amable consideración.

Familien var rørt over hendes venlige betænksomhed.

Una vez, la madre le había dado a su habitación una limpieza a fondo.

Engang havde moderen gjort hans værelse grundigt rent.

Sólo después de utilizar unos cuantos baldes de agua lo consiguió.

Først efter at have brugt et par spande vand lykkedes det hende.

Sin embargo, la nueva humedad en la habitación perjudicó a Gregor.

Den nye fugtighed i rummet skadede dog Gregor.

Y él yacía ancho, amargado e inmóvil en el sofá.

Og han lå bred, bitter og ubevægelig på sofaen.

Pero ese fue sólo su primer castigo por ayudar.

Men det var kun hendes første straf for at hjælpe.

La hermana notó rápidamente el cambio en la habitación de Gregor.

Søsteren bemærkede hurtigt forandringen i Gregors værelse.

Y ella corrió a la sala, extremadamente insultada.

Og hun løb ind i stuen, ekstremt fornærmet.

Su madre levantó las manos y trató de implorarle.

Hendes mor løftede hænderne og forsøgte at trygle hende.

Pero a pesar de una explicación sincera, ella rompió a llorar.

Men trods en oprigtig forklaring, brast hun i gråd.

El padre, por supuesto, se sobresaltó y se levantó de la silla.

Faderen blev selvfølgelig forskrækket og rejst op af stolen.

Y los dos padres miraban asombrados e impotentes.

Og de to forældre så til, forbløffede og hjælpeløse.

Y con el tiempo sus emociones también se agitaron.

Og til sidst blev deres følelser også oprørte.

El padre reprochó a la madre lo que había hecho.

Faderen bebrejdede moderen for, hvad hun havde gjort.

"Deberías haber dejado la habitación para que Grete la limpiara."

"Du skulle have ladet værelset stå, så Grete kunne gøre rent."

Grete le gritó a la madre por limpiar su habitación.

Grete skreg ad moderen, fordi hun havde gjort rent på hans værelse.

"¡Nunca más podrás limpiar su habitación!"

"Du må aldrig nogensinde gøre rent på hans værelse igen!"

La madre intentó arrastrar al padre al dormitorio.

Moderen forsøgte at slæbe faderen ind i soveværelset.

La hermana se quedó en la habitación, temblando y sollozando.

Søsteren blev efterladt i rummet, rystende og grædende.

Y golpeó la mesa con sus pequeños puños.

Og hun bankede i bordet med sine små næver.

Y Gregor, enojado, siseó fuertemente contra todos ellos.

Og Gregor hvæsede højt i vrede ad dem alle.

¿Por qué a nadie se le ocurrió cerrarle la puerta?

Hvorfor havde ingen tænkt på at lukke døren for ham?

Podrían haberle ahorrado esta vista y este ruido.

De kunne have skånet ham for dette syn og denne støj.

La hermana estaba agotada después de llegar a casa del trabajo.

Søsteren var udmattet efter at være kommet hjem fra arbejde.

Y cuidar a Gregor era aún más trabajo para ella.

Og det var endnu mere arbejde for hende at tage sig af Gregor.

Pero eso no significaba que la madre debía haberlo hecho.

Men det betød ikke, at moderen burde have gjort det.

A Gregor, por el contrario, no hay que descuidarlo.

Gregor bør derimod ikke forsømmes.

Pero ahora tenían una nueva criada que podía hacer esas cosas.

Men nu havde de en ny tjenestepige, der kunne gøre den slags.

Una viuda anciana que tenía una estructura ósea robusta.

En ældre enke med en robust knoglebygning.

Una estatura que la ayudó a sobrevivir a su difícil vida.

En statur, der hjalp hende med at overleve sit vanskelige liv.

Ella no sentía ninguna aversión real hacia la apariencia de Gregor.

Hun havde ingen egentlig aversion mod Gregors udseende.

Ella había abierto accidentalmente la puerta de la habitación de Gregor.

Hun havde ved et uheld åbnet døren til Gregors værelse.

No fue por ninguna curiosidad particular sobre la habitación.

Det var ikke af nogen særlig nysgerrighed omkring rummet.

Ella simplemente estaba haciendo su trabajo y por casualidad abrió la puerta.

Hun gjorde bare sit arbejde, og så kom hun tilfældigvis til at åbne døren.

Gregor, por supuesto, quedó completamente sorprendido por ella.

Gregor var selvfølgelig fuldstændig overrasket over hende.

No lo perseguían, sino que corría de un lado a otro.

Han blev ikke jagtet, men han løb frem og tilbage.

Y ella simplemente cruzó sus brazos y lo observó gatear.

Og hun foldede bare armene og så ham kravle.

Desde entonces ella siempre le abría un poquito la puerta.

Siden da åbnede hun altid døren lidt for ham.

Una mañana ella entró para ver cómo estaba.

En gang om morgenen kiggede hun ind for at se, hvordan han havde det.

Y por la tarde ella fue a ver cómo estaba antes de irse.

Og om aftenen tjekkede hun til ham, inden hun gik.

Al principio ella también intentó llamarlo para que viniera con ella.

I starten prøvede hun også at kalde på ham, om han skulle komme til hende.

"¡Ven aquí, viejo escarabajo pelotero!", solía decir.

"Kom herover, gamle gødningsbille!" plejede hun at sige.

O ella dijo, "¡mira ese viejo escarabajo pelotero!", amigablemente.

Eller hun sagde venligt: "se den gamle gødningsbille!".

Gregor nunca reaccionó cuando le hablaron de esa manera.

Gregor reagerede aldrig på at blive tiltalt på den måde.

Él permaneció allí, sin moverse, y la ignoró.

Han blev der, uden at røre sig, og ignorerede hende.

"Si le hubieran dicho cómo hacer correctamente su trabajo."

"Hvis bare hun var blevet fortalt, hvordan hun skulle udføre sit arbejde ordentligt."

"En lugar de molestarme debería limpiar mi habitación."

"I stedet for at genere mig, burde hun gøre rent på mit værelse."

Una mañana temprano una fuerte lluvia golpeó las ventanas.

Tidligt om morgenen ramte en kraftig regn vinduerne.

Quizás la lluvia ya era una señal de la llegada de la primavera.

Måske var regnen allerede et tegn på det kommende forår.

La criada comenzó a hablarle de esa manera una vez más.

Stuepigen begyndte at tale til ham på den måde igen.

Gregor estaba tan amargado que se giró para mirarla.

Gregor var så forbitret, at han vendte sig om for at se på hende.

Era lento y débil, pero fue una especie de ataque.

Han var langsom og svagelig, men det var en slags angreb.

La criada, sin embargo, no tenía ningún miedo de Gregor.

Stuepigen var dog slet ikke bange for Gregor.

En lugar de eso, levantó una silla que estaba cerca de la puerta.

I stedet løftede hun en stol op, der stod nær døren.

Y ella permaneció allí, tranquilamente, con la boca abierta.

Og hun stod der, roligt, med munden vidt åben.

Sus intenciones eran claras, incluso Gregor podía verlo.

Hendes intentioner var klare, selv Gregor kunne se det.

Y se giró, lentamente, a su posición original.

Og han vendte sig langsomt om til sin oprindelige position.

—Entonces no quieres acercarte más, ¿verdad?

"Så du vil vel ikke komme tættere på?"

Y silenciosamente volvió a poner la silla en la esquina.

Og hun satte stille stolen tilbage i hjørnet.

Gregor ya casi no comía nada.

Gregor spiste næsten ingenting længere.

A veces, mientras caminaba por la habitación, se detenía.

Nogle gange, på sine ture rundt i rummet, stoppede han op.

Y se encontró junto a la comida preparada para él.

Og han befandt sig ved siden af den mad, der var tilberedt til ham.

Se llevó la comida a la boca, pero sólo para jugar con ella.

Han puttede maden i munden, men kun for at lege med den.

Y muy a menudo lo escupía de nuevo al cabo de unas horas.

Og ret ofte spyttede han det ud igen efter et par timer.

Trató de encontrar una razón para su falta de apetito.

Han prøvede at finde en årsag til sin manglende appetit.

Quizás porque estaba triste por el estado de su habitación.

Måske fordi han var ked af det over sit værelses tilstand.

Pero ya se había adaptado a los cambios que se producían en la habitación.

Men han havde accepteret forandringerne i rummet.
Recientemente su habitación se había convertido en una especie de almacén.
For nylig var hans værelse blevet til en slags opbevaringsrum.
Se habían acostumbrado a dejar las cosas allí.
De havde fået for vane at lade ting ligge der.
Y ahora quedaban muchas cosas así en su habitación.
Og der var nu mange sådanne ting tilbage på hans værelse.
Porque una habitación del apartamento estaba alquilada.
Fordi et værelse i lejligheden var blevet udlejet.
Tres caballeros serios alquilaban la habitación juntos.
Tre alvorlige herrer lejede værelset sammen.
Gregor los vio una vez a través de una rendija en la puerta.
Gregor bemærkede dem engang gennem en sprække i døren.
Llevaban barbas pobladas y estaban vestidos meticulosamente.
De havde fuldskæg og var omhyggeligt klædt.
Eran escrupulosos en mantener todo ordenado.
De var omhyggelige med at holde alting pænt og ryddeligt.
Su insistencia en el orden no se limitaba a su habitación.
Deres insisteren på ryddelighed stoppede ikke på deres værelse.
Todo el apartamento tenía que mantenerse perfectamente limpio.
Hele lejligheden skulle holdes perfekt ren.
Eran aún más exigentes con el aspecto de la cocina.
De var endnu mere kræsne med, hvordan køkkenet så ud.
Y no podían tolerar ningún desorden innecesario.
Og de kunne ikke tolerere unødvendigt rod.
También habían traído consigo sus propios muebles.
De havde også medbragt deres egne møbler.
Por esta razón muchas cosas se habían vuelto superfluas.
Af denne grund var mange ting blevet overflødige.
Eran cosas por las que nadie pagaría dinero.
Det var ting, som ingen ville betale penge for.
Pero la familia tampoco quería deshacerse de estas cosas.
Men familien ønskede heller ikke at kassere disse ting.

Todas estas cosas fueron a parar a la habitación de Gregor.
Alle disse ting gik et sted ind på Gregors værelse.
El cajón de cenizas de la cocina ahora estaba guardado en su habitación.
Askekassen fra køkkenet blev nu opbevaret på hans værelse.
Y la basura se guardaba en su habitación hasta el día de la basura.
Og skraldet blev opbevaret på hans værelse indtil skraldedagen.
La criada arrojó todo lo que no necesitaba en su habitación.
Stuepigen smed alt, hvad hun ikke havde brug for, ind på hans værelse.
Afortunadamente no vio más que la mano y el objeto.
Heldigvis så han ikke mere end hånden og genstanden.
Probablemente tenía la intención de volver a buscar las cosas más tarde.
Hun havde sikkert tænkt sig at komme tilbage efter tingene senere.
O tal vez quería tirarlo todo de una vez.
Eller måske ville hun smide alt væk på én gang.
Sin embargo, todo permaneció donde había quedado al principio.
Alt forblev dog, hvor det først var landet.
A menos que Gregor moviera la basura moviéndose a través de ella.
Medmindre Gregor flyttede skrammelet ved at vrikke sig igennem det.
Al principio se vio obligado a arrastrarse entre toda la basura.
Først var han tvunget til at kravle gennem alt skrammelet.
No tenía posibilidad de evitarlo.
Der var ingen mulighed for ham at undgå at gøre det.
Pero más tarde realmente encontró placer en esta actividad.
Men senere fandt han faktisk glæde i denne aktivitet.
Aunque tal esfuerzo lo dejó triste y profundamente cansado.
Selvom en sådan indsats efterlod ham trist og dybt træt.
Y después no pudo moverse durante muchas horas.

Og bagefter var han ude af stand til at bevæge sig i mange timer.

Los inquilinos a veces comían en la sala de estar.

De logerende spiste sommetider deres måltid i stuen.

La puerta del salón permanecía cerrada esas noches.

Døren til stuen forblev lukket de aftener.

Pero a Gregor no le resultó difícil no abrir la puerta.

Men Gregor havde ingen problemer med ikke at åbne døren nu.

Incluso cuando la puerta estaba abierta, no siempre miraba hacia afuera.

Selv når døren var åben, kiggede han ikke altid ud.

Pero él se acostó en el rincón más oscuro de la habitación.

Men han lagde sig i rummets mørkeste hjørne.

La familia tampoco notó su falta de atención.

Familien bemærkede heller ikke hans manglende opmærksomhed.

Pero hubo una vez que la criada dejó la puerta abierta.

Men der var én gang, hvor stuepigen lod døren stå åben.

La puerta permaneció abierta incluso cuando los inquilinos regresaron.

Døren forblev åben, selv da lejerne vendte tilbage.

Y la puerta estaba abierta cuando se encendió la luz.

Og døren var åben, da lyset blev tændt.

El hombre se sentó a la mesa donde la familia cenaba.

Manden sad ved bordet, hvor familien spiste middag.

Allí se sentaron en el pasado el padre, la madre y Gregor.

Far, mor og Gregor sad der i tidligere tider.

Desplegaron las servilletas y cogieron cuchillos y tenedores.

De foldede servietterne ud og tog knive og gafler.

La madre apareció en la puerta con un plato de carne.

Moderen dukkede op i døråbningen med en skål kød.

Entonces la hermana entró con un cuenco lleno de patatas.

Så kom søsteren ind med en skål fuld af kartofler.

Los inquilinos se inclinaron sobre los cuencos colocados delante de ellos.

De logerende bøjede sig over skålene, der var placeret foran dem.

El humo denso de la comida les llegaba hasta la nariz.

Den tunge røg fra maden dampede op til deres næser.

Pero aún no habían decidido si comerían la comida.

Men de havde ikke besluttet sig for, om de ville spise maden endnu.

Quizás enviarían la comida de vuelta a la cocina.

Måske ville de sende maden tilbage til køkkenet.

El hombre sentado en el medio parecía ser la autoridad.

Manden, der sad i midten, virkede til at være autoriteten.

Cortó la carne para determinar si estaba lo suficientemente tierna.

Han skar kødet ud for at se, om det var mørt nok.

Estaba satisfecho con el olor y el aspecto de la comida.

Han var tilfreds med, hvordan maden duftede og så ud.

La madre y la hermana los observaban ansiosamente.

Moderen og søsteren havde ængsteligt set på dem.

Y empezaron a sonreír con un suspiro de alivio.

Og de begyndte at smile med et suk af opbygget lettelse.

La propia familia iba a comer en la cocina.

Familien selv skulle spise i køkkenet.

Pero primero el padre fue a ver cómo estaban los inquilinos.

Men først gik faderen hen for at se til de logerende.

Hizo una reverencia, sosteniendo en su mano su gorra de trabajo.

Han bukkede én gang og holdt sin arbejdskasket i hånden.

Y caminó en círculo alrededor de la mesa, hacia cada invitado.

Og han gik en cirkel rundt om bordet, til hver gæst

Todos los inquilinos se pusieron de pie y murmuraron algo entre dientes.

De logerende rejste sig alle op og mumlede i deres skæg.

Después de que él se fue, comieron en un silencio casi absoluto.

Efter han var gået, spiste de i næsten fuldstændig stilhed.

A Gregor le pareció extraño que pudiera oír la masticación.

Det forekom Gregor mærkeligt, at han kunne høre tygge.
Ningún otro aspecto de la alimentación parecía emitir ningún sonido.
Intet andet aspekt af spisningen syntes at give lyd fra sig.
Pero podía oír claramente el rechinar de los dientes.
Men han kunne tydeligt høre tænderne skære mod hinanden.
Parecían decirle que necesitaba dientes para comer.
De syntes at fortælle ham, at han havde brug for tænder for at spise.
"No puedes hacer nada si tus mandíbulas no tienen dientes".
"Du kan ikke gøre noget, hvis dine kæber er tandløse."
"Me gustaría comer algo", dijo Gregor ansiosamente.
"Jeg vil gerne have noget at spise," sagde Gregor ængsteligt.
"Pero no tengo apetito para lo que están comiendo".
"Men jeg har ingen appetit på det, I alle sammen spiser."
"Mira cómo comen estos huéspedes y yo aquí muriéndome de hambre".
"Se, hvad disse logerende spiser, og her sidder jeg og sulter."
Aquella noche Gregor pensó por casualidad en el violín.
Gregor kom tilfældigvis til at tænke på violinen den aften.
No había oído el violín desde la transformación.
Han havde ikke hørt violinen siden forvandlingen.
Pero entonces, esta noche, se oyó un ruido desde la cocina.
Men så, i aften, kom der en lyd fra køkkenet.
Los caballeros ya habían terminado su cena.
Herrerne havde allerede afsluttet deres aftensmåltid.
El caballero del medio había comenzado a leer un periódico.
Den mellemste herre var begyndt at læse en avis.
Les había dado a los otros dos caballeros una hoja a cada uno.
Han havde givet de to andre herrer et lagen hver.
Y ahora estaban recostados, leyendo y fumando.
Og nu lænede de sig tilbage og læste og røg.
Cuando el violín empezó a sonar, se pusieron atentos.
Da violinen begyndte at spille, blev de opmærksomme.
Se levantaron y caminaron de puntillas hacia la puerta de la antesala.

De rejste sig og gik på tæer hen til forværelsesdøren.
Allí estaban, acurrucados juntos, escuchando desde la puerta.
Her stod de sammenkrøbet og lyttede ved døren.
La familia debió haber escuchado a los hombres desde la cocina.
Familien må have hørt mændene inde fra køkkenet.
Porque el padre los llamó y les preguntó;
Fordi faderen kaldte på dem og spurgte dem;
¿Acaso el violín resulta incómodo para los caballeros?
"Er violinen måske ubehagelig for herrerne?"
"Si no te gusta la música podemos parar inmediatamente."
"Hvis du ikke kan lide musikken, kan vi stoppe med det samme."
"Al contrario", dijo el centro de los caballeros.
"Tværtimod," sagde den midterste af herrerne.
"¿Le gustaría a la señorita tocar el violín en nuestra habitación?"
"Vil den unge dame gerne spille violin på vores værelse?"
"Definitivamente es mucho más cómodo y acogedor aquí".
"Det er helt sikkert meget mere behageligt og hyggeligt her."
El padre respondió como si fuera el propio violinista.
Faderen svarede, som om han selv var violinisten.
"Oh, por favor, eso sería maravilloso", exclamó el padre.
"Åh, tak, det ville være vidunderligt," råbte faderen.
Los caballeros regresaron a la sala de estar y esperaron.
Herrerne gik tilbage til stuen og ventede.
Pronto el padre entró en la habitación con el atril.
Snart kom faderen ind i værelset med nodestativet.
La madre entró en la habitación con el libro de música.
Moderen kom ind i værelset med nodebogen.
Y la hermana entró en la habitación con el violín.
Og søsteren kom ind i værelset med violinen.
Ella preparó todo con calma para tocar el violín.
Hun forberedte roligt alt til at spille violin.
Los padres exageraron su cortesía y modales.
Forældrene overdrev deres høflighed og manerer.

Nunca antes habían alquilado habitaciones a huéspedes.
De havde aldrig udlejet værelser til logerende før.
Y ni siquiera se atrevieron a sentarse en sus propias sillas.
Og de turde ikke engang sidde på deres egne stole.
En lugar de sentarse, el padre se apoyó contra la puerta.
I stedet for at sidde lænede faderen sig op ad døren.
Su mano derecha estaba entre dos botones de su abrigo.
Hans højre hånd var mellem to knapper på hans frakke.
Sin embargo, un caballero le ofreció una silla a la madre.
Moderen blev imidlertid tilbudt en stol af en herre.
Pero ella se sentó donde el caballero había colocado la silla.
Men hun satte sig, hvor herren havde placeret stolen.
Y no había colocado la silla en ningún lugar determinado.
Og han havde ikke placeret stolen noget bestemt sted.
Así que la madre se sentó apartada de todos, en un rincón.
Så satte moderen sig for sig selv i et hjørne.
Y finalmente la hermana empezó a tocar el violín.
Og endelig begyndte søsteren at spille violin.
Los padres, en lados opuestos, prestaron mucha atención.
Forældrene, på hver sin side, fulgte nøje med.
Y observaban atentamente cada movimiento de su mano.
Og de holdt nøje øje med hver eneste bevægelse af hendes
hånd.
**Gregor también se sentía atraído por la interpretación del
violín.**
Gregor var også tiltrukket af violinspillet.
Y se aventuró a salir de su habitación un poco más lejos.
Og han vovede sig lidt længere ud af sit værelse.
Él ya estaba con la cabeza dentro de la sala.
Han var allerede med hovedet inde i stuen.
Solía enorgullecerse de ser muy considerado.
Han plejede at sætte en stor ære i at være meget hensynsfuld.
Pero últimamente casi no cuestiona su falta de cuidado.
Men for nylig satte han næppe spørgsmålstegn ved sin
manglende omsorg.
Aunque ahora tenía más motivos para esconderse que antes.
Selvom han havde mere grund til at gemme sig nu end før.

Porque su habitación estaba cubierta de polvo y suciedad diversa.

Fordi hans værelse var dækket af støv og andet snavs.

El más leve movimiento levantaba todo tipo de suciedad.

Den mindste bevægelse hvirvlede alskens snavs op.

Toda esa suciedad se le pegó: polvo, pelo, restos de comida.

Alt dette snavs klæbede til ham; støv, hår, madrester.

Podría haber frotado la suciedad contra la alfombra.

Han kunne have gnidet snavset af mod tæppet.

Esto era algo que solía hacer varias veces al día.

Dette var noget, han plejede at gøre flere gange dagligt.

Pero su indiferencia hacia todo era demasiado grande.

Men hans ligegyldighed over for alt var alt for stor.

Así que no tuvo miedo de avanzar un poco más.

Så han var ikke bange for at komme lidt videre.

Y se trasladó al inmaculado suelo de la sala de estar.

Og han gik videre til stuens pletfri gulv.

Sin embargo, nadie se dio cuenta ni le prestó atención.

Dog lagde ingen mærke til ham eller gav ham nogen opmærksomhed.

La familia estaba completamente absorta en el concierto.

Familien var fuldstændig opslugt af koncerten.

Los caballeros, por el contrario, inicialmente se retiraron.

Herrerne trak sig derimod i første omgang tilbage.

Y se quedaron cerca, detrás del atril de la hermana.

Og de stod tæt bag søsterens nodestativ.

Si hubieran mirado habrían podido ver las notas musicales.

Hvis de havde kigget, kunne de have set noderne.

Esto, por supuesto, habría perturbado a la hermana.

Dette ville selvfølgelig have forstyrret søsteren.

Luego se quedaron de pie junto a la ventana, en lugar de sentarse.

Så stod de ved vinduet i stedet for at sidde ned.

Con las manos en los bolsillos seguían hablando.

Med hænderne i lommerne fortsatte de med at tale.

Permanecieron allí mientras el padre observaba ansiosamente.

De blev der, mens faderen ængsteligt så på.
Uno tenía la impresión de que tenían otras expectativas.
Man havde indtryk af, at de havde andre forventninger.
Y realmente parecía como si se hubieran decepcionado.
Og det virkede virkelig som om, de var blevet skuffede.
Parecía que ya estaban hartos de la actuación.
Det virkede som om, de havde fået nok af præstationen.
Habían permitido que el violín perturbara su paz.
De havde ladet violinen forstyrre deres fred.
Y sólo toleraban la música por cortesía.
Og de tolererede kun musikken af høflighed.
Lo que más me desconcertó fue cómo expulsaron el humo.
Måden de blæste røgen væk på var især foruroligende.
Y aún así, tocaba el violín maravillosamente.
Og alligevel spillede hun så smukt violin.
Su rostro estaba inclinado suavemente hacia un lado, sobre el violín.
Hendes ansigt var blidt vippet til siden, på violinen.
Sus ojos buscaban con tristeza las líneas musicales.
Hendes øjne søgte trist langs musikken.
Gregor se sintió atraído un poco más hacia la sala de estar.
Gregor følte sig lidt mere trukket ind i stuen.
Mantuvo la cabeza cerca del suelo, pero miró hacia arriba.
Han holdt hovedet tæt på jorden, men kiggede opad.
Tal vez de esta manera la mirada de su hermana podría encontrarse con la suya.
Måske ville hans søsters blik møde ham på denne måde.
¿Puede realmente decirse que era sólo un animal?
Kan man virkelig sige, at han bare var et dyr?
¿Era un animal si la música podía cautivarlo tanto?
Var han et dyr, hvis musik kunne fængsle ham så meget?
Sintió como si le mostraran un camino hacia una alimentación desconocida.
Han følte, at han blev vist en vej til ukendt næring.
Quizás éste era el sustento que le faltaba.
Måske var det den næring, han manglede.
Estaba decidido a dirigirse hacia su hermana.

Han var fast besluttet på at gå hen til sin søster.
Quería tirar de su falda para llamar su atención.
Han ville hive i hendes nederdel for at få hendes opmærksomhed.
Quería darle una indicación de una invitación.
Han ville give hende en indikation af en invitation.
"Ven a tocar el violín en mi habitación", quiso decir.
"Kom og spil violin på mit værelse," ville han sige.
Él quería que ella fuera recompensada por su hermosa música.
Han ønskede, at hun skulle belønnes for sin smukke musik.
"Aquí nadie te recompensa por tocar el violín".
"Ingen her belønner dig for at spille violin."
Él ya no quería dejarla salir de su habitación.
Han ville ikke længere lukke hende ud af sit værelse.
Él quería que ella permaneciera con él mientras viviera.
Han ville have, at hun skulle blive hos ham, så længe han levede.
Por primera vez su transformación tuvo un beneficio.
For første gang havde hans forvandling en fordel.
Su deformidad finalmente iba a serle útil.
Hans deformitet skulle endelig blive nyttig for ham.
Quería estar en las cuatro puertas simultáneamente.
Han ville være ved alle fire døre samtidigt.
Quería silbarles y escupirles desde todos los ángulos.
Han havde lyst til at hvæse og spytte efter dem fra alle vinkler.
Su hermana no debería verse obligada a quedarse con él.
Hans søster burde ikke tvinges til at blive hos ham.
Él quería que ella eligiera quedarse con él voluntariamente.
Han ønskede, at hun frivilligt skulle vælge at blive hos ham.
Ella iba a sentarse a su lado e inclinarse hacia él.
Hun ville sætte sig ved siden af ham og læne sig ned til ham.
Y le iba a contar sobre la escuela de música.
Og han ville fortælle hende om musikskolen.
Tenía la firme intención de enviarla a la academia.
Han havde den faste intention at sende hende til akademiet.

Se lo habría contado a todo el mundo la pasada Navidad.

Han ville have fortalt alle om dette sidste jul.

¿Ya había llegado y pasado realmente la Navidad?

Var julen virkelig kommet og gået igen?

Y no habría dejado que nadie le disuadiera de ello.

Og han ville ikke have ladet nogen afskrække ham fra det.

Pero entonces el desafortunado accidente lo detuvo todo.

Men så satte den uheldige ulykke en stopper for alt.

La hermana se habría sentido abrumada por la emoción.

Søsteren ville være blevet overvældet af følelser.

Y entonces Gregor se habría subido hasta su hombro.

Og så ville Gregor være klatret op på hendes skulder.

Y la habría consolado besándole el cuello.

Og han ville have trøstet hende ved at kysse hendes hals.

—¡Señor Samsa! —gritó el hombre del medio al padre.

"Hr. Samsa!" råbte manden i midten til faderen.

Señalaba con su dedo índice hacia Gregor.

Han pegede med pegefingeren nedad mod Gregor.

Gregor se movía lentamente por el suelo de la sala de estar.

Gregor bevægede sig langsomt hen over stuegulvet.

El sonido del violín se silenció muy rápidamente.

Violinspillet blev meget hurtigt stille.

El del medio de los tres hombres sonrió a sus amigos.

Den midterste af de tre mænd smilede til sine venner.

Luego meneó la cabeza y volvió a mirar a Gregor.

Så rystede han på hovedet og kiggede tilbage på Gregor.

El padre podría haber obligado a Gregor a regresar a su habitación.

Faderen kunne have tvunget Gregor tilbage til sit værelse.

Pero esa no fue la primera acción que decidió tomar.

Men det var ikke den første handling, han besluttede sig for.

Pensó que era más importante calmar a los caballeros.

Han mente, det var vigtigere at berolige herrerne.

Aunque en realidad no estaban molestos en absoluto por Gregor.

Selvom de egentlig slet ikke var kede af Gregor.

Gregor parecía más entretenido que tocar el violín.

Gregor virkede mere underholdende end violinspillet.
Corrió hacia ellos con los brazos extendidos.
Han skyndte sig hen til dem med udstrakte arme.
Estaba intentando hacer lo mejor que podía para ocultar su visión de Gregor.
Han gjorde sit bedste for at skjule deres syn på Gregor.
Y trató de animarlos a regresar a su habitación.
Og han prøvede at lokke dem tilbage til deres værelse.
En realidad, esto los hizo enfadar un poco.
Hvis noget, gjorde det dem faktisk lidt irriterede.
Pero era difícil decir exactamente qué les molestaba.
Men det var svært at sige præcis, hvad der irriterede dem.
El padre estaba arruinando la diversión de la noche.
Faderen ødelagde aftenens underholdning.
Pero también acababan de enterarse de su nuevo compañero de piso.
Men de havde også lige hørt om deres nye bofælle.
Levantaron las manos tal como lo había hecho el padre.
De løftede hænderne, ligesom faderen havde gjort.
Exigieron una explicación inmediata al padre.
De krævede en øjeblikkelig forklaring fra faderen.
Se tiraron inquietos de la barba esperando una respuesta.
De hev rastløst i deres skæg for at finde et svar.
Y retrocedieron hasta su habitación, pero muy lentamente.
Og de bevægede sig baglæns til deres værelse, men meget langsomt.
La interrupción había dejado a la hermana en trance.
Afbrydelsen havde bragt søsteren i trance.
Dejó que el violín y el arco colgaran a su lado.
Hun lod violinen og buen hænge ned langs sin side.
Y ella miraba la partitura como si todavía estuviera tocando.
Og hun kiggede på noderne, som om hun stadig spillede.
Pero de repente ella regresó a la habitación.
Men så trak hun sig pludselig tilbage ind i rummet.
Y ahora había superado el sentimiento de estar perdida.
Og nu havde hun overvundet følelsen af at være fortabt.
Ella colocó el instrumento musical en el regazo de su madre.

Hun lagde musikinstrumentet på sin mors skød.
La madre estaba sentada en la silla, respirando con dificultad.
Moderen sad i stolen og trak vejret tungt.
Y entonces la hermana tuvo que correr a la habitación de al lado.
Og så måtte søsteren løbe ind i det næste værelse.
Tenía que dejar todo listo para los caballeros.
Hun måtte gøre alt klar til herrerne.
Ella arrojó las mantas y los cojines al aire.
Hun kastede tæpperne og hynderne op i luften.
Y con sus manos expertas dispuso toda la ropa de cama.
Og med sine kyndige hænder arrangerede hun alt sengetøjet.
Terminó antes de que los caballeros llegaran a la habitación.
Hun var færdig, inden herrerne nåede ind i lokalet.
Y ella se escabulló antes de interponerse en su camino.
Og hun smuttede ud, før hun kom i vejen for dem.
El padre parecía estar dominado por su propia terquedad.
Faderen syntes at være grebet af sin egen stædighed.
Y así olvidó todo respeto que debía a sus inquilinos.
Og således glemte han al den respekt, han skyldte sine lejere.
Empujó y empujó hasta que su portavoz se opuso.
Han skubbede og skubbede, indtil deres talsmand protesterede.
Al llegar a la puerta, dio una patada furiosa.
Han stampede vredt med foden, da han kom til døren.
Y con esto logró detener al padre.
Og derved bragte han faderen til standsning.
"Por la presente declaro", comenzó dirigiéndose a su propietario.
"Jeg erklærer hermed," begyndte han at henvende sig til sin udlejer.
Y levantó la mano, mirando a toda la familia.
Og han løftede hånden og så på hele familien.
"En cuanto a las repugnantes condiciones de la habitación;"
"Med hensyn til de ulækre forhold i rummet;"
Y se aseguró de que todos escucharan sus palabras.

Og han sørgede for, at alle lyttede til hans ord.
"Por la presente, le comunico que desocuparé mi habitación".
"Jeg giver hermed besked om, at jeg forlader mit værelse."
Y reiteró su punto escupiendo en el suelo.
Og han understregede yderligere sit synspunkt ved at spytte
på jorden.
"Tampoco pagaré por los días que he vivido aquí."
"Jeg vil heller ikke betale for de dage, jeg har boet her."
**Sin embargo, no estaba completamente satisfecho con este
reembolso.**
Han var dog ikke fuldt ud tilfreds med denne refusion.
"Y consideraré hacer otras demandas contra usted."
"Og jeg vil overveje at fremsætte andre krav mod dig."
Créeme, tales exigencias serán muy fáciles de justificar.
"Tro mig, sådanne krav vil være meget lette at retfærdiggøre."
Él permaneció en silencio y miró directamente al padre.
Han var tavs og kiggede lige frem på faderen.
Parecía estar esperando que sucediera algo más.
Han syntes at forvente, at der ville ske noget mere.
**De hecho, sus dos amigos inmediatamente tuvieron la
misma idea.**
Faktisk fik hans to venner straks den samme idé.
**"También estamos cancelando nuestras habitaciones",
dijeron al unísono.**
"Vi aflyser også vores værelser," sagde de i kor.
Luego agarró la manija de la puerta y cerró la puerta.
Så greb han fat i dørhåndtaget og lukkede døren.
Y con un fuerte estruendo se encerraron en su habitación.
Og med et højt brag lukkede de sig inde på deres værelse.
El padre se tambaleó hasta su silla con manos torpes.
Faderen vaklede hen til sin stol med famlende hænder.
Y se dejó caer en la silla, derrotado.
Og han lod sig falde ned i stolen, besejret.
Parecía como si fuera a echar su siesta vespertina habitual.
Det så ud som om, han gik til sin sædvanlige aftenlur.
Pero su cabeza asintió casi como si no tuviera apoyo.
Men hans hoved nikkede, næsten som om det ikke var støttet.

Y se podía ver que no estaba durmiendo en absoluto.
Og det kunne ses, at han slet ikke sov.
Durante todo este tiempo Gregor no se había movido de su sitio.
Gennem alt dette havde Gregor ikke rørt sig fra sin plads.
Todavía estaba donde los caballeros lo habían visto por primera vez.
Han var stadig der, hvor herrerne først havde set ham.
Incluso si hubiera querido moverse, le resultó imposible.
Selv hvis han ville flytte, fandt han det umuligt.
Por su decepción, o por su hambre.
På grund af hans skuffelse, eller på grund af hans sult.
Estaba decepcionado por el fracaso de su plan.
Han var skuffet over, at hans plan var mislykkedes.
Y estaba débil por el hambre prolongada que sentía.
Og han var svag af den langvarige sult, han følte.
Estaba seguro de que en cualquier momento todos se volverían contra él.
Han var sikker på, at alle ville vende sig imod ham når som helst.
Con esta expectativa de colapso inminente, esperó.
Med denne forventning om et forestående sammenbrud ventede han.
El violín empezó a deslizarse del regazo de la madre.
Violinen begyndte at glide af moderens skød.
Con un sonido resonante el violín cayó al suelo.
Med en rungende lyd faldt violinen til jorden.
Pero ni siquiera ese repentino ruido estrepitoso lo sobresaltó.
Men selv ikke denne pludselige brag forskrækkede ham.
«Queridos padres», dijo la hermana, «esto no puede continuar».
"Kære forældre," sagde søsteren, "dette kan ikke fortsætte."
Y golpeó la mesa con la mano para dejar claro su punto.
Og hun slog hånden i bordet for at bevise sin pointe.
"No diré el nombre de mi hermano delante de este monstruo".

"Jeg vil ikke sige min brors navn foran dette monster."
"Por eso lo digo lo más claramente posible:"
"Derfor siger jeg det så direkte som muligt:"
"No tenemos otra opción que deshacernos de este animal".
"Vi har intet andet valg end at slippe af med dette dyr."
"Hicimos lo mejor que pudimos para tolerar y cuidar a este animal".
"Vi gjorde vores bedste for at tolerere og passe på dette dyr."
"No creo que nadie pueda culparnos en lo más mínimo".
"Jeg tror ikke, at nogen kan bebrejde os det mindste."
"Tiene mil veces razón", asintió el padre.
"Hun har tusind gange ret," svarede faderen.
La madre aún no había recuperado del todo el aliento.
Moderen havde stadig ikke helt fået vejret igen.
Ella empezó a toser sordamente en su mano, respirando con dificultad.
Hun begyndte at hoste dæmpet i hånden og trak vejret tungt.
Y una expresión de locura comenzó a surgir en sus ojos.
Og et vanvittigt udtryk begyndte at dukke op i hendes øjne.
La hermana corrió hacia su madre y le sujetó la frente.
Søsteren skyndte sig hen til sin mor og holdt hende om panden.
El padre pareció inspirarse en las palabras de la hermana.
Faderen syntes at være inspireret af søsterens ord.
Y sus pensamientos parecían ser más claros que antes.
Og hans tanker syntes at være klarere end før.
Dejó de asentir con la cabeza y volvió a sentarse derecho.
Han holdt op med at nikke og satte sig oprejst igen.
Y jugaba con la gorra de sirviente, sumido en sus pensamientos.
Og han legede med sin tjeners kasket, dybt forsænket i tanker.
Los platos de los inquilinos todavía estaban sobre la mesa.
Tallerkenerne fra lejerne lå stadig på bordet.
Y a veces miraba hacia el silencioso Gregor.
Og han kiggede sommetider hen imod den tavse Gregor.
"Tenemos que intentar deshacernos de él", le dijo la hermana.

"Vi må forsøge at slippe af med det," sagde søsteren til ham.

La madre estaba demasiado ocupada tosiendo como para escuchar.

Moderen var for optaget af at hoste til at lytte.

"Los matará a ambos, ya lo veo venir."

"Det vil slå jer begge ihjel, jeg kan allerede se det komme."

"No podemos seguir trabajando tan duro como lo hacemos todos."

"Vi kan ikke alle blive ved med at arbejde så hårdt, som vi gør."

"Y cada día tenemos que volver a casa y encontrarnos con esta tortura."

"Og hver dag må vi komme hjem til denne tortur."

"No podemos soportarlo más. No puedo soportarlo."

"Vi kan ikke holde det ud længere. Jeg kan ikke holde det ud."

Ella cayó ante su madre en un último estallido de lágrimas.

Hun faldt ned for sin mor i et sidste udbrud af gråd.

Las lágrimas cayeron por su rostro y sobre el de su madre.

Tårerne trillede ned ad hendes ansigt og ned på hendes mors.

Y se secó las lágrimas con un movimiento mecánico.

Og hun tørrede tårerne væk i en mekanisk bevægelse.

"Hijo mío", dijo el padre con voz compasiva.

"Mit barn," sagde faderen med en medfølende stemme.

Había profunda simpatía y comprensión en su voz.

Der var dyb sympati og forståelse i hans stemme.

«Pero ¿qué debemos hacer?», confesó no saberlo.

"Men hvad skal vi gøre?" indrømmede han ikke at vide det.

La hermana simplemente se encogió de hombros con impotencia.

Søsteren trak bare på skuldrene i hjælpeløshed.

Y su confianza anterior fue reemplazada nuevamente por lágrimas.

Og hendes tidligere selvtillid blev igen erstattet af tårer.

«Si nos entendiera», dijo el padre en voz alta.

"Hvis bare han forstod os," sagde faderen højt.

Y se preguntó si tal vez Gregor entendía.

Og han stillede sig næsten spørgsmålstegn ved, om Gregor
måske forstod det.

**La hermana simplemente sacudió su mano violentamente
mientras lloraba.**

Søsteren rystede bare voldsomt på hånden, mens hun græd.

Y entonces ella señaló que no se debía pensar en esa idea.

Og derfor signalerede hun, at ideen ikke skulle overvejes.

«¡Si nos comprendiera!», repitió el padre.

"Men hvis bare han forstod os," gentog faderen.

Cerrando los ojos consideró la respuesta de la hermana.

Ved at lukke øjnene overvejede han søsterens svar.

"Si lo entendiera se podría llegar a un acuerdo con él."

"Hvis han forstod det, kunne der indgås en aftale med ham."

"Pero estando las cosas como están..."

"Men nu hvor tingene er, som de er..."

"Tiene que irse", gritó la hermana, "es la única manera".

"Det skal væk," råbte søsteren, "det er den eneste vej."

"Tienes que deshacerte de la idea de que es Gregor".

"Du skal slippe af med tanken om, at det er Gregor."

**"Que lo hayamos creído durante tanto tiempo es nuestra
verdadera desgracia."**

"At vi troede på det så længe, er vores virkelige ulykke."

«¿Pero cómo puede ser Gregor?», le preguntó a su padre.

"Men hvordan kan det være Gregor?" spurgte hun sin far.

**"Sabía que un animal así no podía coexistir con los
humanos".**

"Han vidste, at et sådant dyr ikke kan sameksistere med
mennesker."

**Gregor nos habría abandonado hace mucho tiempo,
voluntariamente.**

"Gregor ville have forladt os for længe siden, frivilligt."

"Es cierto, entonces no tendríamos ningún hermano."

"Det er sandt, så ville vi ikke have nogen bror."

"Pero podríamos seguir viviendo y honrar su memoria".

"Men vi kunne fortsætte med at leve og ære hans minde."

**"Pero esta bestia nos persigue y ahuyenta a nuestros
labradores."**

"Men dette bæst forfølger os og jager vores lejere væk."
"Es evidente que quiere apoderarse de todo el apartamento".
"Den vil tydeligvis overtage hele lejligheden."
"Esta bestia quiere hacernos dormir en la calle."
"Dette bæst vil have os til at sove på gaden."
«Mira, padre», gritó de repente, «¡se mueve otra vez!»
"Se, far," råbte hun pludselig, "han bevæger sig igen!"
E hizo algo que ni siquiera Gregor pudo entender.
Og hun gjorde noget, som selv Gregor ikke kunne forstå.
Ella se apartó, como sacrificando a la madre.
Hun skubbede sig væk, som om hun ofrede moderen.
Y ella corrió detrás de su padre buscando algún tipo de seguridad.
Og hun løb bag sin far for en slags sikkerhed.
El padre estaba agitado únicamente porque su hija lo estaba.
Faderen var kun oprørt, fordi hans datter var det.
Pero entonces él también se levantó y levantó los brazos sobre ella.
Men så rejste han sig også op og løftede armene over hende.
Pero Gregor no tenía intención de asustar a nadie.
Men Gregor havde ikke haft til hensigt at skræmme nogen.
Sobre todo no pensó en asustar a su hermana.
Han havde især ingen tanker om at skræmme sin søster.
Él sólo estaba intentando regresar a su habitación.
Han prøvede bare at vende tilbage mod sit værelse.
Pero dado que su estado estaba empeorando, incluso esto era difícil.
Men i hans forværrede tilstand var selv dette vanskeligt.
Y ya no tenía pleno uso de todas sus piernas.
Og han havde ikke længere fuld brug af alle sine ben.
Entonces usó su cabeza para levantar su cuerpo y girar.
Så brugte han hovedet til at løfte kroppen og dreje sig."
Hizo una pausa y miró a su alrededor esperando la aprobación de la familia.
Han holdt en pause og så sig omkring for at få familiens godkendelse.
Su buena intención parecía haber sido reconocida.

Hans gode intentioner syntes at være blevet anerkendt.
Su movimiento sólo había sido un shock momentáneo para ellos.
Hans bevægelse havde kun været et øjebliks chok for dem.
Ahora todos lo miraban en un silencio infeliz.
Nu så de alle på ham i ulykkelig tavshed.
La madre seguía tumbada en el sillón, exhausta.
Moderen lå stadig udmattet i lænestolen.
El padre y la hermana estaban sentados uno al lado del otro.
Faren og søsteren sad ved siden af hinanden.
«Quizás ahora me dejen dar la vuelta», pensó Gregor.
"Måske lader de mig vende om nu," tænkte Gregor.
Y continuó haciendo su torpe movimiento de giro.
Og han fortsatte med at lave sin akavede drejebevægelse.
No podía reprimir los jadeos ocasionales de esfuerzo.
Han kunne ikke undertrykke de lejlighedsvise gisp af anstrengelse.
Y se vio obligado a descansar un par de veces entre uno y otro.
Og han var tvunget til at hvile et par gange indimellem.
Ya nadie le obligaba a apresurarse; la decisión estaba en sus manos.
Ingen tvang ham til at skynde sig nu; det var op til ham.
Al final completó el giro lento y doloroso.
Til sidst fuldførte han den langsomme og smertefulde drejning.
Inmediatamente comenzó a caminar directamente de regreso a su habitación.
Han begyndte straks at gå direkte tilbage til sit værelse.
Se sorprendió de lo lejos que estaba de su habitación.
Han var forbløffet over, hvor langt væk fra sit værelse han var.
¿Cómo, a pesar de su debilidad, había llegado allí antes?
Hvordan var han, trods sin svaghed, nået dertil før?
Había recorrido casi el mismo camino sin darse cuenta.
Han havde rejst næsten den samme rute uden at bemærke det.
Ahora él sólo se concentró en gatear tan rápido como podía.

Han koncentrerede sig bare om at kravle så hurtigt som muligt nu.

La falta de comentarios por parte de alguien no le inquietó.

Manglen på kommentarer fra nogen forstyrrede ham ikke.

Sólo cuando ya estaba en la puerta giró la cabeza.

Først da han allerede var inde i døren, vendte han hovedet.

Pero no pudo darse la vuelta para mirar hacia atrás por completo.

Men han var ikke i stand til at vende sig om for at se sig helt tilbage.

Porque sintió que su cuello se ponía aún más rígido al girarse.

Fordi han følte sin nakke stivne endnu mere, da han vendte sig.

Pero vio que de todas formas nada había cambiado detrás de él.

Men han så, at intet havde ændret sig bag ham alligevel.

La única diferencia fue que su hermana se puso de pie.

Den eneste forskel var, at hans søster havde rejst sig op.

Su última mirada mostró que su madre se había quedado dormida.

Hans sidste blik viste, at hans mor var faldet i søvn.

Tan pronto como estuvo dentro de su habitación la puerta se cerró.

Så snart han var inde på sit værelse, blev døren lukket.

Y tan pronto como la puerta se cerró, el cerrojo quedó bloqueado.

Og så snart døren var lukket, blev bolden låst.

Gregor se asustó por el ruido inesperado que se oía detrás.

Gregor blev forskrækket af den uventede lyd bagved.

Y sus piernas se doblaron bajo él por la repentina sorpresa.

Og hans ben gav efter under ham af den pludselige overraskelse.

Fue la hermana quien corrió hacia la puerta detrás de él.

Det var søsteren, der var skyndt sig hen til døren bag ham.

Ella ya se encontraba allí de pie, esperándolo.

Hun havde allerede stået der oprejst og ventet på ham.

Luego saltó hacia delante ligeramente sin que Gregor la oyera.

Så sprang hun let fremad uden at Gregor hørte hende.

"¡Por fin!" gritó en voz alta mientras giraba la llave.

"Endelig!" råbte hun højt, mens hun drejede nøglen.

"¿Y ahora qué?", se preguntó Gregor, solo en la oscuridad.

"Hvad nu?" spurgte Gregor sig selv, alene i mørket.

Pronto descubrió que ya no podía moverse en absoluto.

Han opdagede hurtigt, at han slet ikke kunne bevæge sig længere.

Pero no le sorprendió realmente su inmovilidad.

Men han var egentlig ikke overrasket over sin ubevægelighed.

Poder moverse con piernas tan delgadas parecía ridículo.

At kunne bevæge sig på så tynde ben virkede latterligt.

No sabía cómo había sido capaz de hacerlo.

Han vidste ikke, hvordan han nogensinde havde været i stand til at gøre det.

Pero aparte de eso se sentía relativamente cómodo.

Men bortset fra det følte han sig relativt godt tilpas.

Es cierto que sentía un dolor profundo en todo el cuerpo.

Det er sandt, at han følte en dyb smerte i hele kroppen.

Pero el dolor parecía hacerse cada vez más débil.

Men smerten syntes at blive svagere og svagere.

Y sintió que el dolor eventualmente desaparecería.

Og han følte, at smerten til sidst ville forsvinde.

Ya casi no sentía la manzana podrida en su espalda.

Han mærkede knap nok det rådne æble i ryggen længere.

Pensó en su familia con emoción y amor.

Han tænkte tilbage på sin familie med følelser og kærlighed.

Sintió las emociones de su hermana incluso más que ella misma.

Han følte sin søsters følelser endnu mere, end hun havde gjort.

Ella tenía razón en lo que había dicho: él tenía que irse.

Hun havde ret i det, hun havde sagt; han var nødt til at gå.

Pasó algún tiempo en ese estado vacío y pacífico.

Han tilbragte noget tid i denne tomme og fredelige tilstand.

El reloj dio tres veces, silenciosamente, pero con firmeza.

Uret slog tre gange, stille, men bestemt.

Gregor fue sacado suavemente de sus meditaciones.

Gregor blev forsigtigt trukket ud af sine overvejelser.

Observó cómo la luz de la mañana entraba lentamente en su habitación.

Han så morgenlyset langsomt komme ind på hans værelse.

Entonces su cabeza se hundió por completo, sin su voluntad.

Så sank hans hoved helt ned, uden hans vilje.

Y su último aliento fluyó débilmente de su nariz.

Og hans sidste åndedrag flød svagt fra hans næsebor.

La criada entró en su habitación temprano en la mañana.

Stuepigen kom ind på sit værelse tidligt om morgenen.

No encontró nada inusual durante su corta visita habitual.

Hun fandt intet usædvanligt under sit sædvanlige korte besøg.

Con fuerza y prisa cerró de golpe todas las puertas.

Af styrke og hast smækkede hun alle dørene i.

No fue posible dormir tranquilo en todo el apartamento.

Det var ikke muligt at sove fredeligt i hele lejligheden.

Le habían pedido que evitara hacer esto por la mañana.

Hun var blevet bedt om at undgå at gøre dette om morgenen.

Ella pensó que él yacía allí inmóvil a propósito.

Hun troede, han lå der så ubevægelig med vilje.

Quizás quería demostrarle que estaba ofendido.

Måske ville han vise hende, at han var fornærmet.

Ella confiaba en que él tenía todo tipo de inteligencia.

Hun stolede på, at han havde alle mulige former for intelligens.

Ella sostenía por casualidad la escoba larga en su mano.

Hun holdt tilfældigvis den lange kost i hånden.

Entonces, desde la puerta, intentó hacerle un poco de cosquillas a Gregor.

Så prøvede hun at kilde Gregor lidt fra døren.

Ella estaba un poco molesta porque él no respondió en absoluto.

Hun var lidt irriteret over, at han slet ikke svarede.

Así que esta vez lo empujó un poco más firmemente.

Så hun pressede ham lidt hårdere denne gang.

Cuando él no ofreció resistencia, ella lo miró más de cerca.

Da han ikke viste modstand, kiggede hun nærmere på ham.

Pronto se dio cuenta de lo que realmente le había sucedido a Gregor.

Hun indså snart, hvad der virkelig var sket med Gregor.

Abrió más los ojos y silbó para sí misma.

Hun åbnede øjnene mere og fløjtede for sig selv.

Pero no perdió mucho tiempo antes de abrir la puerta.

Men hun spildte ikke lang tid, før hun åbnede døren.

Y clamó a gran voz en la oscuridad:

Og hun råbte med høj stemme ud i mørket:

"Ven a echarle un vistazo, ahí está, completamente muerto."

"Kom og se, der ligger den, fuldstændig død."

Los dos padres estaban sentados erguidos en el lecho conyugal.

De to forældre sad oprejst i deres ægteseng.

Primero tuvieron que superar el impacto del ruido.

Først måtte de overvinde chokket fra støjen.

Pero poco a poco empezaron a comprender su mensaje.

Men så begyndte de langsomt at forstå hendes budskab.

El señor y la señora Samsa saltaron cada uno de su lado de la cama.

Hr. og fru Samsa sprang ud på hver sin side af sengen.

El señor Samsa se echó la gruesa manta sobre los hombros.

Hr. Samsa lagde det tykke tæppe over sine skuldre.

Y la señora Samsa salió sin nada más que su camisón.

Og fru Samsa kom ud i kun sin natkjole.

Y así entraron en la habitación de Gregor.

Og sådan kom de ind i Gregors værelse.

Mientras tanto, la puerta de la sala de estar también se había abierto.

I mellemtiden var døren til stuen også gået op.

Grete había dormido allí desde que los inquilinos se mudaron.

Grete havde sovet der, siden lejerne flyttede ind.

Estaba completamente vestida como si no hubiera dormido en absoluto.

Hun var fuldt påklædt, som om hun slet ikke havde sovet.

Su rostro pálido también parecía demostrar su falta de sueño.

Hendes blege ansigt syntes også at bevise hendes mangel på søvn.

"¿Está muerto?" preguntó la señora Samsa, mirando a la criada.

"Er han død?" spurgte fru Samsa og kiggede på tjenestepigen.

Ella podría haberlo confirmado mirándolo ella misma.

Hun kunne have bekræftet dette ved selv at se på ham.

"Creo que sí", dijo la criada cogiendo la escoba.

"Det tror jeg," sagde stuepigen og tog kosten op.

Y ella empujó su cuerpo muy lejos por el suelo.

Og hun skubbede hans krop langt hen over gulvet.

La señora Samsa hizo un movimiento como si quisiera detenerla.

Fru Samsa gjorde en bevægelse, som om hun ville stoppe hende.

Pero al final dejó que la criada llevara a Gregor de un lado a otro.

Men til sidst lod hun stuepigen skubbe Gregor rundt.

—Bueno —dijo el señor Samsa—, por fin podemos dar gracias a Dios.

"Nå," sagde hr. Samsa, "endelig kan vi takke Gud."

Hizo la señal de la cruz; cabeza, pecho, hombros.

Han gjorde korsets tegn; hoved, bryst, skuldre.

Y las tres mujeres siguieron su ejemplo religioso.

Og de tre kvinder fulgte hans religiøse eksempel.

Grete, que no apartaba la vista del cadáver, dijo:

Grete, som ikke tog øjnene fra liget, sagde;

"Mira qué delgado estaba, hacía tanto tiempo que no comía."

"Se hvor tynd han var, han har ikke spist i så lang tid."

"La comida que le dejaba cada mañana siempre estaba intacta."

"Den mad, jeg gav ham hver morgen, var altid urørt."

De hecho, el cuerpo de Gregor estaba completamente plano y seco.

Faktisk var Gregors krop fuldstændig flad og tør.

Esto era más visible ahora que estaba en el suelo.

Dette var mere synligt nu, hvor han var på jorden.

Porque su cuerpo ya no era levantado por sus piernas.

Fordi hans krop ikke længere kunne løftes op af hans ben.

Y porque no había nada más que distrajera la vista.

Og fordi der ikke var noget andet, der distraherede udsigten.

—Ven un rato con nosotros, Grete —dijo la señora Samsa.

"Kom indenfor med os et stykke tid, Grete," sagde fru Samsa.

Había una sonrisa dolorosa en sus labios mientras hablaba.

Der var et smertefuldt smil på hendes læber, mens hun talte.

Grete los siguió, pero también miró hacia el cadáver.

Grete fulgte efter dem, men kiggede også tilbage på liget.

La criada cerró la puerta y abrió completamente la ventana.

Stuepigen lukkede døren og åbnede vinduet helt.

Todavía era temprano, por lo que normalmente el aire estaría frío.

Det var stadig tidligt, så luften ville normalt være kold.

Pero también había una mezcla de calidez en el aire frío.

Men der var også en blanding af varme i den kolde luft.

Como un suave recordatorio de que ya era finales de marzo.

Som en blid påmindelse om, at det nu var slutningen af marts.

Los tres inquilinos ahora también salieron de su habitación.

De tre lejere trådte nu også ud af deres værelse.

Miraron a su alrededor con asombro en busca de su desayuno.

De kiggede forbløffet omkring efter deres morgenmad.

El desayuno fue olvidado por lo que encontró la criada.

Morgenmaden blev glemt på grund af det, stuepigen fandt.

"¿Dónde está el desayuno?" se quejó el caballero del medio.

"Hvor er morgenmaden?" mumlede den midterste herre.

La criada se llevó el dedo a la boca para ordenar silencio.

Stuepigen satte fingeren for munden for at beordre ro.

Y ella rápidamente y en silencio saludó a los caballeros.

Og hun vinkede hastigt og lydløst til herrerne.

La criada acompañó a los tres caballeros a la habitación.
Stuepigen førte de tre herrer ind i værelset.
Y continuó explicándoles lo que había sucedido.
Og hun fortsatte med at forklare dem, hvad der var sket.
Y los tres caballeros estaban alrededor del cadáver de Gregor.
Og de tre herrer stod omkring Gregors lig.
Con las manos en los bolsillos miraron hacia abajo.
Med hænderne i lommerne kiggede de ned.
La luz de la mañana ahora había inundado completamente la habitación.
Morgenlyset havde nu fuldstændig oversvømmet rummet.
Entonces se abrió la puerta del dormitorio y apareció el señor Samsa.
Så åbnede soveværelsesdøren sig, og hr. Samsa dukkede op.
A un lado estaba su esposa y al otro su hija.
På den ene side var hans kone, og på den anden hans datter.
Para entonces el señor Samsa ya llevaba puesto su uniforme.
Hr. Samsa havde allerede sin uniform på nu.
Se podía ver que todos habían estado llorando un poco.
Man kunne se, at de alle havde grædt lidt.
Grete presionó su cara contra el brazo de su padre.
Grete pressede sit ansigt mod sin fars arm.
"¡Sal de mi apartamento inmediatamente!" ordenó el señor Samsa.
"Forlad min lejlighed med det samme!" beordrede hr. Samsa.
Y señaló la puerta sin dejar salir a las mujeres.
Og han pegede på døren uden at lade kvinderne gå.
"¿Qué quieres decir?" preguntó el intermediario desconcertado.
"Hvad mener du?" spurgte mellemmanden forvirret.
Y él hizo lo mejor que pudo para sonreír dulcemente al señor Samsa.
Og han gjorde sit bedste for at smile sødt til hr. Samsa.
Los otros dos llevaban las manos tras la espalda.
De to andre holdt hænderne bag ryggen.
Y se frotaron las manos con anticipación.

Og de gned deres hænder sammen i forventning.
Parecía que esperaban que se produjera una fuerte pelea.
De syntes at forvente et højlydt skænderi.
Pero ellos parecían estar contentos con la discusión que se avecinaba.
Men de virkede glade for det kommende skænderi.
Creían que la disputa sería a su favor.
De troede, at konflikten ville være til deres fordel.
"Quiero decir exactamente lo que acabo de decir", respondió el señor Samsa.
"Jeg mener præcis, hvad jeg lige sagde," svarede hr. Samsa.
Caminó en línea recta con sus dos compañeros.
Han gik i en lige linje med sine to ledsagere.
Y el señor Samsa se dirigió directamente a su caballero principal.
Og hr. Samsa henvendte sig direkte til deres ledende herre.
El caballero primero se quedó quieto, mirando al suelo.
Herremanden stod først stille og kiggede ned i jorden.
El contenido de su cabeza todavía estaba ordenándose.
Indholdet i hans hoved var stadig ved at ordne sig.
—Está bien, nos vamos —dijo y miró al señor Samsa.
"Fint, vi går," sagde han og kiggede op på hr. Samsa.
Una nueva humildad pareció apoderarse de él de repente.
En ny ydmyghed syntes pludselig at have overmandet ham.
Y parecía estar pidiendo permiso para esta decisión.
Og han syntes at bede om tilladelse til denne beslutning.
El señor Samsa abrió mucho los ojos y asintió un poco.
Hr. Samsa åbnede øjnene vidt og nikkede let.
Los caballeros obedecieron inmediatamente su orden.
Herrerne adlød straks hans befaling.
Y efectivamente dieron largos pasos por el pasillo.
Og de tog faktisk lange skridt ind i gangen.
Sus amigos ya habían dejado de frotarse las manos.
Hans venner var allerede holdt op med at gnide sig i hænderne.
Habían estado escuchando cómo iba la conversación.
De havde lyttet til, hvordan samtalen forløb.

Y ahora corrían tras él, como si tuvieran miedo.
Og nu løb de efter ham, som i frygt.
El señor Samsa aún podría aislarlos de su líder.
Hr. Samsa isolerer dem måske stadig fra deres leder.
Sacaron sus palos del contenedor.
De trak deres pinde ud af pindebeholderen.
Y se inclinaron en silencio antes de salir del apartamento.
Og de bukkede lydløst, før de forlod lejligheden.
El señor Samsa y las dos mujeres salieron del patio delantero.
Hr. Samsa og de to kvinder trådte ud af forgården.
Pero en realidad no tenían motivos para desconfiar de los hombres.
Men faktisk havde de ingen grund til at mistro mændene.
Se apoyaron en la barandilla para comprobar si se habían ido.
De lænede sig op ad rækværket for at se, om de var væk.
Los tres caballeros efectivamente estaban bajando las escaleras.
De tre herrer var faktisk på vej ned ad trappen.
En un determinado recodo de la escalera desaparecieron.
I et bestemt sving på trappen forsvandt de.
Y entonces la escalera los trajo de nuevo a la vista.
Og så bragte trappen dem tilbage i syne.
Esta aparición y desaparición se repite en cada piso.
Denne tilsynekomst og forsvinding gentog sig på hver etage.
Pero al final casi habían llegado al fondo.
Men til sidst var de næsten nået til bunds.
Cuanto más avanzaban, más aburridos parecían.
Jo længere de kom, desto mere uinteressante var de.
Todos regresaron a casa, como si se sintieran aliviados.
Alle vendte tilbage til hjemmet, som om de var lettede.
Decidieron aprovechar el día para descansar y salir a pasear.
De besluttede at bruge dagen på at hvile sig og gå en tur.
Sentían que merecían este descanso de su trabajo.
De følte, at de havde fortjent denne pause fra deres arbejde.
No sólo merecían este descanso, sino que lo necesitaban.

Ikke nok med at de fortjente denne pause, de havde brug for den.

Se sentaron a la mesa para escribir cartas de disculpas.

De satte sig ved bordet for at skrive undskyldningsbreve.

El señor Samsa escribió una carta de disculpas a su dirección.

Hr. Samsa skrev sit undskyldningsbrev til sin ledelse.

La señora Samsa escribió su carta de disculpas a sus clientes.

Fru Samsa skrev sit undskyldningsbrev til sine klienter.

Y Grete escribió su carta de disculpa a su director.

Og Grete skrev sit undskyldningsbrev til sin rektor.

Mientras todos escribían, la criada llegó a la habitación.

Mens de alle skrev, kom stuepigen ind i værelset.

Su trabajo de la mañana había terminado, por lo que se dirigía a casa.

Hendes morgenarbejde var færdigt, så hun skulle hjem.

Los tres escritores asintieron al principio, sin levantar la vista.

De tre forfattere nikkede først uden at se op.

Pero la criada no parecía querer irse todavía.

Men stuepigen syntes ikke helt at ville gå endnu.

Esperó un poco, hasta que los tres escritores levantaron la vista.

Hun ventede lidt, indtil de tre forfattere så op.

"¿Y bien?" preguntó el señor Samsa, enojado como los demás.

"Nå?" spurgte hr. Samsa vred, ligesom de andre.

La criada estaba parada en la puerta con una sonrisa en su rostro.

Stuepigen stod i døråbningen med et smil på læben.

Dio la impresión de tener buenas noticias que informar.

Hun gav indtryk af at have gode nyheder at fortælle.

Pero ella no iba a compartir la noticia a menos que se lo pidieran.

Men hun ville ikke dele nyheden, medmindre hun blev bedt om det.

La pluma de avestruz erguida sobre su sombrero se balanceaba ligeramente.

Den opretstående strudsefjer på hendes hat svajede let.

Aquella pluma de avestruz siempre había molestado al señor Samsa.

Den strudsefjer havde altid irriteret hr. Samsa.

—Entonces, ¿qué quieres? —preguntó la señora Samsa con firmeza.

"Så hvad vil du så?" spurgte fru Samsa bestemt.

La criada todavía tenía mucho respeto por la señora Samsa.

Stuepigen havde stadig stor respekt for fru Samsa.

"Sí", respondió ella y soltó una carcajada amistosa.

"Ja," svarede hun og brød ud i en venlig latter.

Por un momento su risa le impidió hablar.

Et øjeblik forhindrede hendes latter hende i at tale.

"No tienes que preocuparte por esa cosa de al lado".

"Du behøver ikke bekymre dig om den der ved siden af."

"Ya he decidido cómo nos desharemos de él".

"Jeg har allerede arrangeret, hvordan vi slipper af med det."

La señora Samsa y Grete continuaron escribiendo sus cartas.

Fru Samsa og Grete fortsatte med at skrive deres breve.

Pero el señor Samsa se dio cuenta de que la criada aún no había terminado.

Men hr. Samsa bemærkede, at stuepigen ikke var færdig endnu.

Ahora quería describir todo con más detalle.

Nu ville hun beskrive alt mere detaljeret.

Pero él extendió su mano para rechazar sus esfuerzos.

Men han rakte hånden ud for at afvise hendes forsøg.

Se dio cuenta de que no estaban interesados en sus planes.

Hun indså, at de ikke var interesserede i hendes planer.

Y entonces recordó la gran prisa en la que había estado.

Og så huskede hun den store travlhed, hun havde haft.

"Ciao entonces", dijo ella, insultada por la falta de interés.

"Ciao så," sagde hun, fornærmet over den manglende interesse.

Pero antes de irse cerró la puerta de un golpe terriblemente fuerte.

Men inden hun gik, smækkede hun døren frygtelig hårdt i.

"La despedirán esta noche", dijo el señor Samsa.

"Hun bliver fyret i aften," sagde hr. Samsa.

Pero su esposa y su hija estaban demasiado ocupadas para responderle.

Men hans kone og datter havde for travlt til at svare ham.

Porque la criada había perturbado la paz recién adquirida.

Fordi tjenestepigen havde forstyrret deres nyvundne fred.

La madre y la hija se levantaron para ir a la ventana.

Moren og datteren rejste sig for at gå hen til vinduet.

Y abrazados se quedaron allí.

Og med armene om hinanden blev de der.

El señor Samsa se giró en su silla para mirarlos.

Hr. Samsa drejede sig om i sin stol for at se på dem.

Y por un rato los observó en silencio mientras estaban allí de pie.

Og et stykke tid betragtede han dem stille, mens de stod der.

Finalmente les gritó: "¿Queréis venir a mí?"

Til sidst råbte han til dem: "Vil I komme til mig?"

"Olvidémonos de todas esas cosas viejas, ¿de acuerdo?"

"Lad os glemme alt det gamle."

"Ven a mí y dame un poco de tu atención."

"Kom hen til mig og giv mig lidt af din opmærksomhed."

Las dos mujeres hicieron lo que él les dijo y corrieron hacia él.

De to kvinder gjorde, som han sagde, og skyndte sig hen til ham.

Le dieron un abrazo cariñoso y le besaron.

De gav ham et kærligt kram og kyssede ham.

Regresaron rápidamente para terminar de escribir sus cartas.

De vendte hurtigt tilbage for at færdiggøre skrivningen af deres breve.

Luego los tres abandonaron el apartamento juntos.

Så forlod de alle tre lejligheden sammen.

No habían salido juntos de casa desde hacía meses.

De havde ikke været ude af huset sammen i flere måneder.
Y tomaron el tranvía hasta las afueras de la ciudad.
Og de tog sporvognen til udkanten af byen.
Tenían todo el vagón del tranvía para ellos solos.
De havde hele sporvognsvognen for sig selv.
La luz del sol entraba a raudales por la ventana desde el exterior.
Solskin strømmede ind gennem vinduet udefra.
La familia se reclinó cómodamente en sus asientos.
Familien lænede sig behageligt tilbage i deres sæder.
Y discutieron las perspectivas para su futuro.
Og de diskuterede udsigterne for deres fremtid.
Al examinarlos más de cerca, sus perspectivas no eran malas.
Ved nærmere eftersyn var deres udsigter ikke dårlige.
Los tres tenían trabajos con potencial para ganar más.
Alle tre havde job med potentiale til at tjene mere.
Nunca se habían preguntado sobre su trabajo.
De havde aldrig spurgt hinanden om deres arbejde.
Pero ahora finalmente tenían tiempo para discutir esas cosas.
Men nu har de endelig haft tid til at diskutere den slags ting.
También tenían la opción de mudarse a un apartamento más pequeño.
De havde også mulighed for at flytte til en mindre lejlighed.
Esto tendría el mayor impacto en sus vidas.
Dette ville have den største indflydelse på deres liv.
Su apartamento actual había sido elegido por Gregor.
Deres nuværende lejlighed var blevet valgt af Gregor.
Pero ahora podrían mudarse a algún lugar más asequible.
Men nu kunne de flytte et sted hen, hvor de kunne være billigere.
Un apartamento más pequeño, pero en un lugar más práctico.
En mindre lejlighed, men et mere praktisk sted.
Hablar sobre el futuro hizo que Grete se sintiera nuevamente más animada.
At snakke om fremtiden gjorde Grete mere livlig igen.

El señor y la señora Samsa también notaron otros cambios en ella.

Hr. og fru Samsa bemærkede også andre forandringer hos hende.

Sus mejillas se habían vuelto pálidas por todas sus preocupaciones.

Hendes kinder var blevet blege af alle hendes bekymringer.

Pero ahora su hija se estaba convirtiendo en una bella dama.

Men nu blomstrede deres datter op og blev en fin dame.

Ahora ella realmente era una joven bien formada y hermosa.

Hun var nu virkelig en velbygget og fin ung kvinde.

Sus padres guardaron silencio y admiraron a su hija.

Hendes forældre blev stille og beundrede deres datter.

Se miraron el uno al otro comunicándose inconscientemente.

De kiggede på hinanden og kommunikerede ubevidst.

"Pronto llegará el momento de encontrar un buen hombre para ella."

"Det vil snart være tid til at finde en god mand til hende."

El tranvía había llegado a su destino y redujo la velocidad.

Sporvognen havde nået sin destination og sænket farten.

Su hija pareció confirmar sus nuevos sueños.

Deres datter syntes at bekræfte deres nye drømme.

Ella fue la primera en levantarse y estirar su joven cuerpo.

Hun var den første til at rejste sig op og strække sin unge krop.